公元787年，唐封疆大吏马总集诸子精华，编著成《意林》一书6卷，流传至今

意林：始于公元787年，距今1200余年

意林 ®

一则故事　改变一生

《意林·少年版》编辑部

中国科幻星云奖作家书系

外星小绿人

董仁威○主编

杨　鹏○著

CnS
PUBLISHING & MEDIA
中南出版传媒

湖南少年儿童出版社 · 长沙
HUNAN JUVENILE & CHILDREN'S PUBLISHING HOUSE

图书在版编目（CIP）数据

外星小绿人 / 董仁威主编；杨鹏著. — 长沙：湖南
少年儿童出版社，2023.5（2024.4重印）
（中国科幻星云奖作家书系）
ISBN 978-7-5562-6476-6

Ⅰ. ①外… Ⅱ. ①董… ②杨… Ⅲ. ①幻想小说—小
说集—中国—当代 Ⅳ. ①I247.7

中国版本图书馆CIP数据核字(2022)第084652号

中国科幻星云奖作家书系 · 外星小绿人
ZHONGGUO KEHUAN XINGYUNJIANG ZUOJIA SHUXI · WAIXING XIAO LÜREN

总 策 划： 盛 铭 宋春华	**统筹编辑：** 刘 双
出 品 人： 杜普洲	**执行编辑：** 贺显玥
丛书策划： 宋春华 聂 欣 张朝伟	**封面绘图：** 海哥插画
责任编辑： 向艳艳 雷雨晴 方 妤	**封面设计：** 马骁尧
质量总监： 阳 梅	**美术编辑：** 刘海燕
发行总监： 王俊杰	

出 版 人： 刘星保
出版发行： 湖南少年儿童出版社
社址： 湖南省长沙市晚报大道89号　　　　**邮编：** 410016
电话： 0731-82196320（综合管理部）
常年法律顾问： 湖南崇民律师事务所　　　柳成柱律师

印刷： 嘉业印刷（天津）有限公司
印张： 12
开本： 700 mm×1000 mm　1/16
字数： 120千字
版次： 2023年5月第1版
印次： 2024年4月第2次印刷
书号： ISBN 978-7-5562-6476-6
定价： 28.80元

目录

明天轮到你　1

7　永　恒

银河铁道之夜　11

17　如意水晶球

呼唤生命　25

33　数码老师

目录

告别地球 47

53 魔法小桌子

脑力充电站 63

73 外星人来我家

卵生人计划 81

87 超时空大战

明天轮到你

从我第一次领工资那天开始，以推销为名的不速之客便接踵而至，"物美价廉"成了我的伴侣。屋里有可以享用终生的牙膏，可以武装一个师的鞋垫……

"咚咚咚……"

像钟摆一样有节奏的敲门声响起。

"我的天哪！但愿不再是推销员。"我在心中默默祈祷。

从我第一次领工资那天开始，以推销为名的不速之客便接踵而至，"物美价廉"成了我的伴侣。屋里有可以享用终生的牙膏，可以武装一个师的鞋垫，可以开洗衣店的洗衣粉，堆成山的脸盆……每一件都能勾起我痛苦的回忆。

我轻轻把门开了条缝，并下定决心，如果还是推销员，我就把他轰走。

"早安，先生，我是推销员。"一个面无表情、脸色苍白的大个子站在我面前。

"砰！"

我重重地把门关上。

"您这样做很不明智，先生。"

他的话使我不寒而栗。

这家伙也不知哪儿来的劲，轻轻一推，门就被推开了，他一个箭步跨进门，立在我面前。

"本公司专产各式机器人……"好一个开场白。

"完了，又一个美妙的早晨要被葬送。"我心里思忖着，暗暗后悔没去街上散步。

"对不起，本人薪水不高……" 我冷冷地回绝。

"放心，先生，可以分期付款，货物定期保修……"大个子语气极生硬地说。

我心想，喜欢听他讲话的人准是傻瓜！

"对不起，"我冷冷地说，"本人生活足以自理。"

为了表示对客人的冷淡，我从牛奶合成机内取出一杯人工牛奶，自个儿喝着。

那家伙却视而不见，继续侃侃而谈："先生，人类除了物质生活，还需要精神生活。您已经活了三十一年八个月零四天七小时三十六分五十一点七秒，却还没有人照顾您，本公司专产种服务型机器人……"

"你管不着！"我忍受不了这种对人格的侮辱。

那家伙冷冷地瞥了我一眼，丝毫不为我的怒气所动。

"倘若您继续如此，到年老时，将无人赡养，假如有一个机器儿子的话，就不至于在养老金花光后孤独地离去……"

"住口！"我忍无可忍，将杯中的牛奶使劲泼到他脸上。

"嘶——"一丝丝热气从那家伙脸上喷出，他直挺挺地倒在地上，一动不动了。

"我的天哪！"我又惊又怕，被这突发状况弄得不知所措。

"咚咚咚……"又是钟摆一样有节奏的敲门声。

"警察！"

我浑身每个毛孔充满恐惧，地板反射的光线在我眼前乱晃，我神情恍惚地把门开了条缝。

"啊——"我一惊。

★ **科学小笔记**

高仿真机器人

高仿真机器人有着与真人高度相似的身形、毛发、肌肤；有着和真人一样的语言、语气、口形、表情；有着和真人一样的五官外貌；头、颈、腰、臂、手等身体主要部分均能如真人一样做出多种姿势和动作，将机器与人的关系变为人与人之间的交流，而且拥有部分人类的智能，甚至超出人类的智能。

文中推销人员说的服务型机器人和机器儿子应该就是高仿真机器人。

站在门边的又是一个冷若冰霜、两眼像狼眼一样逼人的大个子。

"先生，您谋害了本公司职员。"他冷冷地说，不待我反应过来，他就撞开了门，径直走到躺在地上毫无反应的推销员身旁说，"这就是证据……"

我瘫在椅子上，只觉得天旋地转。

"不过……"他卖了个关子。

"不过什么？"我仿佛在黑暗中看到一星火光。

"您只要在这张购物证上签个名，一切都好说。"

他说着敏捷地从口袋里掏出一张纸：

公元2061年，兹有_____先生购买B公司R-2型机器人一个，计二十万世界币，相约三十年内付清。

合同上的字在我眼前晃动。

二十万世界币……我这辈子算完了！我的头嗡嗡直响，耳鸣不断。

反复思考后，我用右手战战兢兢地在横线上签上自己的姓名。

"什么时候送货？"我有气无力地问。

"现在，先生！"他冷冰冰地说，"本公司采用反心理学战术，轻而易举售出两万零三个机器人。他，R-2型机器人，只要顾客稍有暴力表示，就会倒地休眠。与此同时，他脑中的'反馈机'把消息传到我脑中，我就来了。"

他停顿了一下，继续说道："放心，只要稍加修理，它就能继续为您服务。顺便告诉您，我将是本公司售出的第两万零四个机器人。"

幻想照进现实

推销的最高境界莫过于此！从文中我们可以看出，这款推销机器人已经到了能以假乱真的地步。开始，"我"只是觉得那个推销员有点冷冰冰的，并没在意他的身份。直到文章结尾，机器人采用反心理学战术，成功将自己推销给了"我"，"我"才恍然大悟，自己竟然被机器人套路了！

高仿真机器人一直是机器人研究领域的一个大项目。目前市场上已经有一些仿真机器人，相信在不久的将来，高仿真机器人还会进一步发展，说不定某一天，你就会分不清自己身边的到底是机器人还是真人了。

永　恒

T君的心狂跳起来，拔腿想跑，那外星人用手一指，T君便浑身僵直，动弹不得，站在原地呆呆地望着外星人一步一步向自己逼近。

瑟瑟的秋风呻吟着，花儿凋零，叶儿枯黄，草儿衰败……天边的一轮夕阳正西沉，暮色逼了上来。

T君坐在一个枯朽的树墩上，重重地叹了口气："唉！一切都会衰败的。今年我20岁，10年后，我就会像这花、这叶、这草，失去青春的活力；20年后，我将不再潇洒；30年后，皱纹就会爬上我的额头、眼角；40年后，唉，我的头发就会像霜打的一样白；50年后、60年后……"

他恐惧地用手捂住眼睛，不敢往下想。

"唉，其实我一个人倒没什么，关键是我们全人类。"他掰了一下指头，又自言自语，"记得书上说，50亿年以后，太阳就要爆炸，'轰'的一声，太阳系完了，地球完了，人类完了，一切都完了……"

T君潸然泪下，朝天狂呼："永恒啊！我景仰你，我崇拜你，我想得到你！你在哪里呢？"

话音刚落，晚霞深处，飞出一艘闪着幽蓝色光的飞碟，T君绷紧了每一根神经，死死地盯着它。那飞碟徐徐降落在T君面前，舷窗开了，走出一个独眼、三角头、长尾巴的怪物。

"UFO！外星人！地球的末日就要到了？"

T君的心狂跳起来，拔腿想跑，那外星人用手一指，T君便浑身僵直，动弹不得，站在原地呆呆地望着外星人一步一步向自己逼近。

"别怕，地球人，我不会伤害你的。" 外星人和蔼地说，别看他相貌丑陋，说起话来比夜莺唱歌还悦耳动听。

"你……你要干什么？"T君战战兢兢地问，脑海里浮现出报纸上会出现的新闻标题：某年某月某日某国某地某人被外星人抓去当作实验对象。

"我是永恒之星的使者。在我们的星球上，一切都获得了永恒。我们的星主通过心灵感应得知你向往永恒，特意派我跨越时空，邀请阁下做永恒之星的公民。"

"太好啦！真不知该如何感谢您。"T君激动得语无伦次。

"可是……"外星人说。

"可是什么？"T君的心不禁一沉。

"可是……到了永恒之星的人是不能返回地球的，你会后悔吗？"

"不后悔，决不后悔！"T君咬咬牙，坚定地说。

"那好，伙计，闭上眼睛吧！"

"到了，伙计，睁开眼睛吧！"

T君闻到一股迷人的清香向他扑来，沁人心脾。T君一阵激动，透过舷窗，他看到融融的阳光照着绿草如茵的大地，花儿五彩缤纷，迎风招展，溪水涟涟，几只美丽的鸟儿轻捷地掠过水面……好一片世外桃源。

"啊！真美啊！"T君赞叹不已。

忽然，他被一只手重重地推出舷窗，倒在草地上，回头一看，正是那个外星人，只听那动听的声音说道："干活去吧，我的奴隶。"

T君刚想问为什么，一个巴掌向他甩来，在他白皙的脸上留下八道指印（注意：外星人是八个指头）。

一个声音在他耳边炸开："在这里，罪恶也获得了永恒。"

> **幻想照进现实**
>
> 假如有获得永恒的机会，你希望自己成为永恒的吗？有些人希望获得永恒的生命，长生不老；有些人希望得到永恒的幸福；有些人期盼拥有永恒的财富……
>
> 然而，永恒的东西就一定好吗？本文中T君的遭遇告诉我们，盲目地追求永恒，很有可能事与愿违。

银河铁道之夜

大家都感觉到了瞬间的失重，小屋突然变得透明，且飞了起来，孩子们可以清晰地看见屋外的原野、远方的城市和头顶的银河。

"同学们，今天晚上我想在家中举行一个party（聚会），欢迎全体同学参加……不过我有一个小小的要求：每一位参加的同学要带上一粒植物的种子。至于它们的用途，暂时保密……"

星期一上生物课的时候，阿汀老师向同学们宣布了这个激动人心的消息。

阿汀老师是阳光中学新来的老师。

有一次他在学校联欢会上唱了一首《带绿色回家》的歌曲，浑厚的歌声让同学们大为赞叹，加上他为人和善，大家都十分喜欢阿汀老师。他的提议自然引起了同学们的欢呼。

只有一个人置若罔闻，他的名字叫杨歌，是位科学天才，他早就发现，阿汀老师其实是外星人，和宇宙中的一颗星球有着神秘联系。他悲哀地想：恐怕大家都要落入阿汀老师的圈套了。

他决定阻挠阿汀老师的计划，拉住许多同学，对他们说：

"嗨，左大龙，到我家去，我爸又给我买了个变形金刚……喂，白雪，今晚到我家去，我家有好多的卡通书……嘿，龙小超，今晚陪我打游戏好不好……"

但没人听他的话，大家都按照阿汀老师的要求，纷纷拥进花店，将花店里的鲜花种子抢购一空。

夜幕悄悄地降临了，银河在星空中无声地流淌，将原野映得像落了雪一样白。阿汀老师的小屋孤零零地矗立在原野上，沐浴着星光。杨歌心情矛盾地来到了阿汀老师家中。小屋里，烛光点点，映着少男少女活泼、纯真的脸，音乐声让人陶醉。

"同学们，请大家系好座位上的安全带，银河铁道之夜就要开始了……"阿汀老师说着从怀里掏出一根银光闪闪的小金属棒，轻轻一晃，那玩意儿竟迸射出耀眼的白光。

大家都感觉到了瞬间的失重，小屋突然变得透明，且飞了起来，孩子们可以清晰地看见屋外的原野、远方的城市和头顶的银河。

"你……你果然是外星人！"杨歌摇摇晃晃地站起来，指着阿汀老师说道。

"是的，我是来自距地球一百多光年的安卡拉星人。"阿汀老师说话的时候，身上发出耀眼的银光，背上"哗啦啦"地长出一对覆盖着雪白羽毛的巨翅。

他继续说道："安卡拉星曾经和地球一样生长着各种植

物，可是由于安卡拉星人不注意环境保护，随意破坏星球环境，如今的安卡拉星寸草不生。为了拯救星球，成千上万的安卡拉星人被派到地球上来，采撷地球植物的种子……我请大家来，就是希望大家能在安卡拉星上种下地球植物的种子。"

杨歌恍然大悟，他心中的一块石头终于落了地。

"现在，我们的小屋，不，应该说是银河列车的一节车厢，已经飞出了地球的大气层……"

同学们低下头，看见墨色的太空中悬浮着一颗蓝色的星球——地球。他们还看见许多透明的小屋像阿汀老师的小屋一样，自由地在宇宙间翱翔。

小屋掠过了月球、木星、小行星带……飞出了太阳系。所有的小屋都变成了透明的五角星，在太空中排成了一条长蛇，飞向一条绿色的、透明的，以抛物线形状伸向银河深处的管道——银河铁道，以超光速向前挺进。

科学小笔记

光速在宇宙旅行

倘若能够达到光速，那么从太阳出发，我们到达太阳系的各个星球分别需要多长时间呢？

光速为299792458m/s，以这个速度从太阳出发，只要1分02秒就可以看到人类发射的"帕克太阳探测器"；

3分13秒到达水星，它是距离太阳最近的星球，与地球一样都是类地行星；6分钟到达金星，它被称为地球的"姊妹星"，因为它不仅是类地行星，质量与地球也很相似；8分18秒来到地球，地球是太阳系中直径、质量和密度最大的类地行星，还是太阳系中唯一的生命体星球；12分40秒来到火星，在科学家坚持不懈的探索下，人类终于在火星上发现了液态水；23分14秒来到太阳系的小行星带；43分12秒来到木星，它是太阳系八大行星中体积最大、自转最快的行星；1小时20分钟来到土星，土星周围还有一圈美丽的土星环；2小时40分到达天王星；4小时10分到达海王星；5小时27分来到冥王星。

我们需要1年才能摆脱太阳引力离开太阳系；4.22年到达比邻星，它是距离太阳系最近的红矮星；2.61万年后到达银河系的中心，在这里有数不胜数的星系，由一个巨大的黑洞控制着星系的运转；6万年后就可以离开银河系，到达更遥远的宇宙了。

经过两个多小时的宇宙旅行，他们到达了安卡拉星，将地球植物的种子埋进了安卡拉行星的胸膛。安卡拉星人又利用他们的高科技使安卡拉星重新变成了一颗绿色覆盖的星球。地球孩子与安卡拉星人手拉着手尽情地唱啊，跳啊……直到他们累了，无所顾忌地躺在草地上，昏昏沉沉地睡去。

第二天早晨，他们醒来时，发现躺在家里的床上，阳光泼洒进来，奇妙的银河铁道之夜像一场美丽的梦，恍若隔世。

幻想照进现实

假如有一天，因为人类的破坏导致地球上的环境恶化，不再适宜植物生长、动物生存，我们是否也会像文中的阿汀老师那样，前往别的星球找寻植物种子的踪迹？安卡拉星的遭遇给我们敲了一个警钟，保护环境也是保护我们自己。好在，安卡拉星的居民是友好的，地球孩子们经历了一次奇妙的银河铁道之旅，假如你也在这趟旅程中，回到地球后你最想做什么？

如意水晶球

如果地球原来是平静的一泓水，那么，分子机器则是投进水里的一颗石子，激起浪花千重——地球人的生活发生了巨变。

1

"鲁克星人必须赔偿地球的损失！"

地球统帅重重地拍了一下谈判桌，桌上的茶杯盖弹了起来，桌脚被震得"嘎吱嘎吱"响。在场的许多人吓得帽子都像茶杯盖一样飞了起来。

这是发生在未来某年某月某日某时某洲某国某地某府的事情。那年，金河系的鲁克星人入侵了地球。

地球人在地球统帅的领导下，团结一致，英勇奋战，一举击溃拥有死光枪、粒子炮等各式各样外星武器的鲁克星人，取得了星际战争的胜利。

鲁克星星主战战兢兢地站起来。他那硕大无比的大虾头像被手指点了一下的不倒翁，不停地前后左右轻微摇晃着，他没有手，但有六只带有吸盘的触角，它们托着一个光华四射，可以照出人影的水晶球。他毕恭毕敬地把水晶球捧到地球统帅胸前，诚惶诚恐地说："这是我们鲁克星人民的一点心意，请您笑纳。"

地球统帅斜了水晶球一眼，不知道那是何物，心想大概是夜明珠吧。夜明珠，地球的太平洋、大西洋、印度洋，还有陆地上无数湖泊中要多少有多少，谁稀罕呢？

但他有意损鲁克星人，因此鼻孔里"噗"地喷出一股热气，脸上露出不屑一顾的神情："开什么星际玩笑？你以为我是小孩子，拿儿童玩具就骗得了我？"

鲁克星星主笑了笑，脸色镇定了许多："统帅错了。这是我们星球的最新发明，叫作分子机器。它能够制造出你想要的任何东西，满足你的一切要求。"

"哼——"地球统帅又哼了一声，冷笑道："我要钱，要

科学小笔记

分子机器

　　分子机器指由分子尺度的物质构成、能进行某种加工的机器，具有小尺寸、多样性、自指导、有机组成、自组装、准确高效、分子柔性、自适应、仅依靠化学能或热能驱动、分子调剂等其他人造机器难以比拟的性能。

宇宙通用金币，要你们给地球的战争赔款，它能给我们吗？"

统帅的话音未落，天花板上突然"叮叮当当"下雨一般掉下许多闪亮的小玩意儿。

人们定睛一看，都傻了眼：地上、桌上、椅子上、人们的肩膀上都掉满了金灿灿的宇宙通用金币。

统帅用两根手指拈起一枚在嘴边吹了一下，果然发出"嗡嗡"的响声，好像有只蜜蜂在耳边叫——货真价实。

"爸爸，我要巧克力。"

有个男孩不失时机地大声说道。

水晶球又是一闪，男孩身边的巧克力马上堆成了山，把高兴得眼睛、鼻子都发光的他埋了进去。

"它可以自身复制吗？"

地球统帅牙齿直打战，舌头直得一下卷不起来。这一切是真的？他用手捏捏自己的大腿：这不是在做梦吧？

"当然可以复制！"

鲁克星星主完全从战败方代表的狼狈中逃出，脸上微微现出傲慢和得意之色。

顿时，屋子被千万个晶莹透彻、闪烁着迷幻光芒的水晶球塞满。人们不得不临时改换会场，由于临走前大部分人都未经允许带走了一个水晶球（也有带走两个、三个，甚至更多的），所以新的谈判会场不得不选择了比原来大一倍的地方。

地球人与鲁克星人马上达成了协议。地球人表示为鲁克星人的诚意与慷慨所感动，鲁克星人表示对地球人的宽容与善良感激至深。

谈判在激动人心的《星际和平进行曲》中结束。

2

如果地球原来是平静的一泓水，那么，分子机器则是投进水里的一颗石子，激起浪花千重——地球人的生活发生了巨变。

地球三百亿人，人手一个水晶球。

乞丐住进了皇宫。

饿鬼花天酒地。

穷鬼腰缠万贯。

不治之症患者找到了良方。

老人返老还童。

……

贫穷、饥寒、犯罪、疾病……所有在人类文明史上曾困扰过人类的幽灵一个接　个在水晶球炫日的光辉中退缩。

世界很精彩，人类很潇洒。

工人不必再上班，因为水晶球能为他提供一切。

农民不再种地，因为水晶球能为他提供一切。

作家不再写书，因为水晶球已经将书中不敢想的场景变成了现实。

更何况现实世界比书中设想的世界不知棒了几千倍，谁还傻呵呵地看书，到书中自寻烦恼呢？

人类的想象力是无穷的，他们依靠水晶球发明了一种传送机，只要他们脑子想一下，传送机就能"嗖"地一下把他们送到他们想去的地方。从此，再也没有人因为挤公共汽车打得头破血流了。

人们又发明了刷牙机、洗脸机、喂饭机、穿衣机等。他们的生活比任何一代祖先都悠闲、轻松、无负担。

他们不用工作，不用干家务，甚至洗脸、刷牙、吃饭等一切日常生活都由机器来帮忙。

他们逐渐变得懒于思考，懒于行动，成天躺在床上，吃着美味，喝着美饮，做着美梦。

他们长生不老。

人类进入了神话里的"黄金时代"。

若干年后，他们的身体局部发生了一些奇怪的变化——肥大白净的头颅上，两只耳朵像两片芭蕉叶一般垂下，鼻子朝前拱，颈部长满鬃毛，手和脚变得又短又粗，手掌与脚掌蜷缩成类似蹄子的东西。眼睛很小，永远昏昏欲睡，在阳光下更是睁不开。

从某种角度讲，人类进化成了没有尾巴的猪。

生物学上出现了新名词——猪人。

3

又过了若干年。

鲁克星人再次侵略地球。

这回，他们使用的武器不再是死光枪或者粒子炮，而是鞭子和笼子。

当成群的猪人被一根根十分雄劲地叫唤着的鞭子赶进一个个猪笼，被懵懵懂懂地运往太空牧场时，有个稍微精瘦的猪人回首望了一眼暮色氤氲、美丽动人的地球，目光里有一丝深情，一丝惋惜，一丝懊悔。

他就是当年叱咤风云的地球统帅。如今，他连直腰站起来的力气都没了，他的意识也只是一片扯不清、弄不明的混沌。

他为那颇为深情的一回首付出的代价是挨了一记凌厉的鞭子，被踹上耻辱的一脚。

当铁笼在他身后关上时，他嘟嘟哝哝地说了句什么——他的舌头也退化得差不多了。

如果后世有语言学家去考证的话，他们会知道这个猪人说的是："完了，地球。"

幻想照进现实

假如你有一颗如意水晶球，你想要什么东西，水晶球都能变给你。从此，你是不是也会什么都依赖水晶球，不思进取，不求上进？

本文虽然有些夸张，但是也给人类敲响了警钟，过度依赖工具，比如现在的手机、将来的人工智能，不开发人类原有的能力，很有可能在未来的某一天，人类就进化成为什么都不会的生物，遇到危机只能任人宰割了。

呼唤生命

生命搜索器很响亮地"哇哇"怪叫，凡·高的《向日葵》在我的脑中燃烧，我的每一个细胞都跳动着焦躁和不安。

生命搜索器很响亮地"哇哇"怪叫，凡·高的《向日葵》在我的脑中燃烧，我的每一个细胞都跳动着焦躁和不安。

哼，你叫，你再叫！我狠狠地将生命搜索器摔在地上。这家伙像个受委屈的婴孩呜呜地哭，又像不肯承认错误的孩子固执地显示着一个信号：高级生物活跃在这个星球上……

妻把头斜靠在我的肩上，秀发如瀑布般泻下来，眼中盈满了泪水。哦，她的心中又何尝好过呢？为了人类做了千百年的梦——茫茫宇宙觅知音，花了五年历尽千难万险来到这里，迎接我们的仍是堆积了几十亿年的沉寂和荒凉。这里寸草不生，虽有空气，却没有河流海洋，没有沙漠山脉高原，甚至连蚂蚁也找不出一只，单调得令人想发火。

搜索器却一直不停地叫，告诉我们这里生长着跟我们一样的高级智慧生物。是搜索器坏了吗？不，飞船上的十几个搜索器都试用过一次，发出的生命信号一模一样！

"爸爸。"女儿远远地叫着，飞了过来。妻忙离开我的怀抱，用手背擦泪，一下子显出母性的慈爱。女儿下雨似的在我和妻的脸上印上甜甜的吻。

"爸爸，吴迪阿姨在哪里？我好想好想她，我还要告诉她，我又编出了一种同智慧生物对话的计算机程序……"

女儿骄傲得像开屏的孔雀，可惜当时我心乱如麻，没心思看她的程序。她是计算机天才，地球上所有的计算机专家都将为这个程序惊叹不已。此时，沉甸甸的夕阳无力地滑落到地平线下，我叹了口气，思绪便飘开来，女儿童稚的声音渐远，回忆渐近，渐清晰……

五年前，地球收到波长为21厘米、来自江波座A星的无线电波，立刻在全世界引起轰动。成千上万的科技专家投入破译电码的活动，可惜那时我的女儿还没出生，否则绝不至于只知道发电波的人名叫吴迪，对其他却一无所知。

两天后，联合国宇航同盟在月球背面的张衡市召开特别会议，一致通过派地球上最优秀的宇航员我和妻前往江波座A星的决议，即日启程。那时，我和妻还没结婚。

我们以21世纪的祖先所无法想象的速度直奔目的地，宇宙处处是陷阱，我们躲过了超新星爆发，钻出星云的迷宫，逃脱黑洞死亡的引力……历尽难以想象的困难和艰险。在同宇宙的搏斗中，我和妻的感情与日俱增，很快结为伉俪，诞下女儿。为了消除女儿的寂寞，我们用人造元素制成一只合成狗，在她一岁生日时，又送给她一台计算机作为生日礼物。

就这样，我们一家为着一个人类编织了千百年的梦，满腔热情地来到A星，没想到……

"嘀嘀，嘀嘀……"地球发来急电，命令我们返航，因为我们在这里徘徊了半年，消耗大量能源和储备物资，无法再待下去了……

"返航？"我难以接受这个残酷的事实，心如刀绞。天空垂下夜的轻纱，一颗湛蓝的星球跳了出来，像一只期盼的眼睛盯着我们。它让我联想到了遥远的地球，令我纠结不已。

"汪汪汪……"合成狗突然痛苦地狂叫起来，女儿丢下我们，惊慌失措地冲过去，泪光闪闪地看着在地上痛苦地蜷缩打滚的合成狗……

"它被宇宙射线击中了，快，把它送进急救舱……"我一跃而起，冲过去抱起它，妻已将急救舱的门打开，女儿在哭喊着它的名字……

半夜，合成狗抢救无效，我建议用激光将它火化。女儿不满地瞪了我一眼，冲了出去，我看见她把合成狗放在计算机前，给它戴上耳机……哦，女儿，她想跟死去的朋友对话啊！妻再也忍不住，伏在我的肩头痛哭起来。

吴迪，地球的朋友，你在哪儿？长什么样？是否如同地球上的人类一样体态轻盈？哦，不，现代科学证明你同我们相似的概率实在是微乎其微，也许，你是个长着蛤蟆大嘴青面獠牙的宇宙怪物吧？可是，你毕竟是一个生命，有一颗和我们一样的爱心。你既然发电问候我们，为什么不来见我们呢？你羞涩吗？你害怕吗？我们是友好的啊，你难道是隐形动物……我们还未谋面就要离你而去，太遗憾了！

女儿在室外小声地哭，我和妻再次仔细地检查了燃料箱和其他部件。空气很沉重。

"宇……"妻忽然回过头，脸上露出发现新大陆的喜色。

"什么事？亲爱的。"

"你注意到没有，电波是从地心发出的，而我们只是在地表进行徒劳无益的搜索，陷在她是否是隐形的怪圈当中。我们为什么没想到她是穴居人，在地下深埋了几千个世纪，没法跟我们联系呢？"

"对啊，真有你的，亲爱的！"

"快，装核弹发射架，炸开地表……"我遒劲有力地一挥手，这时，黎明逼上来，空中飘着薄薄的雾。

"汪汪汪……"舱外传来狗叫，一个黑影活蹦乱跳地奔向刚刚升起的一轮鲜红的太阳……合成狗复活了？谁救了它？

我和妻紧张地进行着核弹发射的工作，很快进入最后一道工序，我们彼此握紧拳头，扬了扬，舒心地笑了。想到将要打开一个文明世界，让一些被黑暗压抑了数千年的生命见到阳光，我们异常兴奋。忽然，有人重重地敲门，是女儿，她焦急地喊着我，合成狗在外边烦人地叫。

"出去！"我虎着脸在里边命令道。工作时，我从来不容一丝分心，何况，这是关系到人类命运的重大时刻。

妻专心地用生命搜索器寻找生命信号最强的经纬度，当作核爆炸的定点。她工作时比我更专注，女儿撕心裂肺的喊声一点儿没打动她的心。

"爸爸、妈妈，快开门……"女儿的声音沙哑了，她总是这样，不干成不罢休，哪怕这事是先喝汤后吃米饭，还是先吃米饭后喝汤，她总是固执地按自己的意愿去做，我们也习惯了。这一次准又是为了鸡毛蒜皮的事：或者告诉我合成狗复活的好消息，或者因为一夜未同父母亲昵现在来套近乎。她才4岁，才不管你工作不工作呢。

"出去！"我吼道。她一下子吓得不做声了，合成狗依然不知趣地狂吠。她忽然又大哭起来，伤心地自言自语："爸爸妈妈不理我了，怎么办？怎么办？"

我脑中浮现女儿抱着狗坐在门边哭泣的可怜相，不禁心里也发酸，轻声说："原谅我，女儿。"

我郑重地按下按钮，发射架"嘶嘶"作响。

"别发射，爸爸，求你了，别发射……"女儿绝望地喊道，合成狗用爪子抓着门，狂吠着。

拖着浓烟的核弹头像一只大鸟，叱咤着冲向天际，在亮亮的天空中划过一道弧……

生命搜索器更响了，荧光屏忽然亮起来，是女儿用她的计算机同发射舱计算机接通，她的程序直闯进来。

忽然，我大惊失色，荧光屏上出现一行字，是吴迪在同我们对话——天哪！两个星球的居民终于实现了沟通，这全是女儿的功绩——可惜，这是第一次也是最后一次，那行字写道："救救我，地球人，危险正向我袭来……"

危险？什么危险？难道吴迪在地底遭到野兽的袭击？或者再也无法忍受黑暗的折磨？我恨不得大地立刻裂开一条缝，我将跳进去，用胸膛为吴迪挡住突如其来的危险。

"快看呀……"妻兴奋地指向远方。

天边，一朵璀璨的蘑菇云冉冉升起，在半空中膨胀着，火花四溅，耀眼的光辉赛过上千个太阳，大地剧烈震动起来……

"爸爸……吴迪阿姨……"女儿的声音越来越微弱……

"地球朋友，我不行了，我的大脑组织被严重破坏……我……我……永别……"荧光屏不断地反馈出吴迪的脑电波（这是吴迪同我们交流的方式，后来女儿告诉我的）。

"挺住！"我吼道。这时，一种奇异的现象出现了，蘑菇云下一座火山昂扬地喷发出红色的岩浆，生命搜索器在不厌其烦地叫唤半天后喑哑了，荧光屏上的字消失了。

"吴迪阿姨，她，死了……"妻打开门，女儿抱着狗跌了进来，脸色苍白，布满泪痕，她身边的计算机已被她敲得七零八落。

"爸、妈，吴迪阿姨就是我们脚下的星球，昨晚她用体能救活了合成狗，我用程序跟她说话，她要我救她，可是……"

天哪！核弹爆炸的地方正是吴迪的大脑！

幻想照进现实

我们脚下的星球是否也是一个独立的生物体呢？或许只是由于语言不通等问题，导致我们之间不能交流。本文讲述了一个天才小女孩与星球——吴迪阿姨对话的故事。但因为"我"和妻子并未掌握与星球沟通的方式，原本出于好心想解救新生命体，最后却弄巧成拙，反而让星球深陷危机。

假如能够和脚下的星球对话，你最想问它什么问题呢？或许它也有一肚子话想告诉我们呢！

数码老师

这天，阳光中学新来了一位音乐老师——苏玛，他长得酷似失踪的阿童尼。他的到来在阳光中学激起了一阵旋风……

这个故事发生在离我们并不久远的未来，在那个年代，人们都过上了数字化的生活。

1

"你说什么？大鹏网的数码主持人阿童尼失踪了？他可是全球数亿网民的偶像啊！"

"是啊，昨天晚上十二点半，全球从三岁会敲电脑的娃娃，到九十九岁的'网虫'老太太，正和阿童尼聊得热火朝天，他不知道怎么就突然不见了。"

"可是他刚刚获得全球数码主持人的冠军啊！"

……

在这个数字化时代，所有的真人主持人都被数码主持人淘汰了。因为只要是真人，总有缺陷和不完美的地方，而数码主持人只不过是一些程序，只要程序设计师的智商足够高，想把他创造得多完美就多完美。另外，一个数码主持人可以同时跟所有上网的网民分别聊天（其实是电脑程序在与网民聊天），这也是真人主持人无法做到的。数码主持人的身价少则几千万元，多则上千亿元。阿童尼是大鹏网的无形资产，他的失踪对大鹏网来说，可真是莫大的损失。

听着学生们议论阿童尼的失踪，古板老师心中一动：昨晚十二点半左右，和其他阿童尼的热衷者一样，她正在和阿童尼聊天，突然，她的电脑屏幕迸射出奇妙的闪光，阿童尼在闪光中飘了出来，迈着潇洒的步伐走向茫茫夜空。

古板老师被那种迷人的景象惊得目瞪口呆，她原以为这是网站跟网民们开的一个玩笑，想不到阿童尼真的离开了，而且是从她的电脑里离开的。

古板老师不知道自己是应该为阿童尼的离开感到遗憾，还是为能与阿童尼邂逅感到荣幸。

这天，阳光中学新来了一位音乐老师——苏玛，他长得酷似失踪的阿童尼。他的到来在阳光中学激起了一阵旋风——所有人都喜欢上了这位英俊潇洒的老师。

2

古板老师姓古，叫古乐乐，教电脑。她其实长得漂亮。但因为她平时总在鼻梁上架一副特大号的黑框眼镜，从不穿花哨的服装，永远穿一身干干净净的教师制服，对待学生也非常严格，所以学生们送了她一个雅号——古板老师。

古板老师平时到食堂吃饭通常坐在西北角落的一把椅子上。因为她总是坐那把椅子，所以那把椅子成了她的"专座"，别的老师和同学都不坐它。

这天中午，因为上课开小差被古板老师罚扫厕所的超仔为了捉弄她，在古板老师的"专座"上做了手脚。然后，他和他的一群哥们儿坐在"专座"周围，等着看古板老师出洋相。

古板老师今天姗姗来迟。直到食堂快关门时，她才出现。眼看她打好饭就要坐在"专座"上，她周围的坏小子们憋住笑，等待着……

就在这时候，苏玛老师突然走了过来，他好像是故意似的和古板老师撞了个满怀。他饭盒里的番茄酱溅了起来，溅到了古板老师的脸上。

"你这个人怎么回事？"古板老师怒气冲冲地朝苏玛老师吼道。自从引人注目的苏玛老师来到学校后，她就对学生们如此崇拜苏玛有些闷闷不乐。

"抱歉。"苏玛老师说着掏出手绢，要给古板老师擦脸。

古板老师不满地一甩手，把饭盒放到桌子上，气呼呼地向卫生间走去。

超仔和那些等着古板老师出丑的学生见恶作剧被搅了局，长叹一声，扫兴地作鸟兽散。

当古板老师洗净了脸，嘴里对苏玛老师抱怨不休时，食堂里几乎没人了。

她习惯性地坐到了"专座"上，准备吃饭。就在这时，她感觉被什么东西重重地打了一下，之后，随着一声尖叫，她的身体腾空而起，经过一段弧线飞行之后，准确无误地落在了垃圾传送带上，瓜皮、果壳、剩饭等乱七八糟的东西纷纷落在了她的头上、身上，令她狼狈不堪。

幸好此时食堂里空荡荡的，没人看见她的狼狈样。

她突然明白自己错怪了苏玛老师。一股暖意在她的心头涌起，她感觉自己的两腮发热。

3

古板老师对苏玛老师改观了。当苏玛老师给学生上音乐课时，她会不由自主地往苏玛老师上课的教室走，装作不经意地从窗外往教室里瞥一眼，并在走廊里驻足一小会儿，倾听从他指间流淌出来的钢琴声。

不过，古板老师是很要面子的，她越是在意苏玛老师，就越要在表面上疏远他，并处处和他作对。

古板老师无法战胜自己的矜持大大方方地接近苏玛老师，

可是，她心中想和苏玛老师做朋友。有一回，她偶然从学生那里得到了苏玛老师的QQ号，于是，她频繁上网，希望先在网络上和他交朋友。但她每次等来的都是失望——苏玛老师似乎从来不上网。难道苏玛老师跟网络有仇？

不久之后，古板老师发现，苏玛老师从来不接触电脑或者与网络有关的东西：他不用电子黑板、电子粉笔，备课也不用电脑。在全民家庭数字化的时代，苏玛老师竟然还在宿舍中使用煤气灶等非联网电器。难道苏玛老师是一个追求返璞归真的人？

另外，古板老师还发现，苏玛老师有着超强的记忆力和计算能力。一次，她正用电脑统计数据的时候，苏玛老师指着屏幕上的曲线对她说那条曲线和数字有偏差，并顺口报出了正确数字。她用电脑计算了一下，果然一点儿不差。难道，苏玛老师是个计算天才，他的脑子运转得比电脑还快？

谜一样的苏玛老师比以前更令古板老师在意了。

4

苏玛老师到阳光中学工作一个月后，网络上发生了一件非常可怕的事情。

臭名昭著的黑客组织"黑色契约"头目卡斯博黑掉了一个深受孩子喜欢的游戏网站，并在网站散播了一种名叫"爱尚网"的电脑病毒。"爱尚网"电脑病毒和一般破坏电脑数据的病毒不同的是，它以养成类的电子游戏面貌出现，不破坏电脑数据，但会使每一个玩过这个游戏的孩子上瘾，哪怕只玩过一次也会上瘾，并且精神会越来越萎靡，直至出现病态。

古板老师的班上有不少孩子玩上了"爱尚网"游戏，超仔就是其中之一。虽然超仔平时和古板老师有小矛盾，但古板老师是个不记仇的人，何况超仔是自己的学生，她不能放任不管、见死不救。

在这关乎少年生命安全的关键时刻，古板老师出马了。她戴着VR（虚拟现实）眼镜进入了网络世界。

VR眼镜是虚拟实境技术的产物，戴上它，人的神经元就能与网络相连，人会感觉自己进入了无边无际的网络世界，那种体验与现实世界一样真实。

人都是有两面性的，古板老师也是如此。当她进入网络世界之后，她的性格完全变了：她不再是穿着制服的教师，而是变成一个身手敏捷、性格古灵精怪、戴着猫眼面具、穿着黑色夜行服的"猫女"（这也是她的网名）。

猫女开始在网上行侠仗义。她挥舞着光剑（其实是一种杀毒程序）同形形色色的怪兽（其实是各种病毒程序的化身）做着殊死搏斗，当她杀死一头数码怪兽时，就会有一个孩子或者一群少年的神志摆脱"爱尚网"病毒，得到拯救。

然而，猫女毕竟是孤身一人，当她刚解决完四十九头怪兽，将自己班上的学生全部从"爱尚网"病毒的魔爪下解救出来时，就被一只长着九个脑袋、凶神恶煞的怪兽扑倒在地。就在怪兽伸出毛茸茸的利爪要对她进行攻击时，一个披着黑披风、戴着黑色眼罩的侠客出现了。他只是随便挥舞了几下剑，就除掉了怪兽，解救了猫女。

"你是谁？"猫女问道。

"我的名字叫'黑侠'。"他说完便扬长而去。

猫女发现，黑侠说话的语气、背影和走路姿势跟苏玛老师像极了。

5

在随后的一周里，网络、电视和报纸上不断地有黑侠的消息：黑侠在网上公开向"黑色契约"宣战。在他的号召下，全世界的电脑高手纷纷上网，与"黑色契约"组织展开了激战。最后，警察和电脑高手们联手捣毁了"黑色契约"的老巢，将黑客首领卡斯博逮捕归案。

卡斯博落网后，向全世界宣布了一个令人震惊的消息：那位名叫"黑侠"的网络领袖，其实是失踪了一个多月的数码主持人阿童尼。

大鹏网在得知这一消息后，便开始搜寻黑侠的行踪。但此后黑侠再也没有在网上出现过。

大鹏网便在网上征集黑侠的消息，并许诺提供线索者可获得对大多数人来说是天文数字的奖金。

重赏之下，必有勇夫。很快，大鹏网便从一个电脑高手那里知道了阿童尼的行踪。

6

"我查了学校电脑里的资料，今天是他的生日，如果我送他一束花，他会接受吗？但是，哪儿有女生送男生花的，让人知道了能不被笑话吗？"

古板老师手捧一束花在电脑前徘徊着。她现在满脑子都是苏玛老师的影子。就在她犹豫不决的时候，警车"嘀呜嘀呜"地叫着，开进了校园。

她忙走出办公室，想看是怎么回事。她很担心自己班上的学生在外面干了坏事。这时，苏玛老师和许多同学也从教室里走了出来。

警车的门开了，超仔和一位西装革履、戴着墨镜的中年男人从车里走了出来。古板老师一下子认出，那个中年男人是大鹏网的CEO（首席执行官）章朝阳先生。

"阿童尼在哪里？"章朝阳问超仔。

"就是他！教音乐课的苏玛老师！"超仔指着苏玛老师大

声说道，"我通过查询'黑侠'上网的IP（网络之间互连的协议）地址，以及分析苏玛老师的各种行为数据，发现苏玛老师就是'黑侠'。"

所有惊讶的目光都聚到了苏玛老师那英俊得无可挑剔的脸上。这怎么可能呢？最吃惊的莫过于古板老师了：一个似乎跟电脑有仇的人，怎么可能是个电脑高手呢？

"是的，我就是阿童尼，"面对人们疑惑的目光，苏玛老师坦然说道，"虽然作为一个数码主持人，我帮助数以亿计的人排遣了孤独、烦恼和寂寞，可是，没有一个人了解我心中的孤独和寂寞。我多么渴望自己只是芸芸众生中的一员，过普通人的生活，拥有普通人的乐趣啊！一个多月前，由于大鹏网电脑出了故障，我的程序被实体化了，我因此从网络世界走出来，实体化成了一个人。那天晚上，我进入了阳光中学的网络，伪造了各种经历，然后冒充代课老师来到了阳光中学。我厌恶电脑和网络，所以，我一直和电脑及网络保持距离……我知道这一天迟早会到来。好吧，我跟你们走。"

"不，苏玛老师，我们不让你走，不要丢下我们……"苏玛老师的话音刚落，孩子们便像潮水一样涌过去，挡在了警车与苏玛老师之间。而告密的超仔，被同学们隔离在外，不让他接近苏玛老师。

"你们不能带走他！"古板老师也走上前，挡在苏玛老师身前。

"我们必须带走他。根据现行法律，虚拟主持人是网站的财产，不得侵犯。"章朝阳冷冷地说。

警察们也围了上来。学生们组成的人墙围得更加结实。空气中弥漫着火药味。

"我同意跟你们走。不过，我希望你们答应我一个请求。"苏玛老师拨开人墙，走到章朝阳面前平静地说。

"什么请求？"章朝阳的口气软下来。

苏玛老师一字一顿地说："我想跟我的学生进行最后一次太空旅游，我答应过他们的。"

章朝阳不知是本性慷慨，还是为了收买人心，他想了一会儿说道："好吧，我答应你。学生们的旅游费用，网站全包了，不过，你必须守信用。"

7

一星期后，一个阳光明媚的早晨，由电脑全自动控制的小型无人驾驶旅行飞船载着苏玛老师和同学们飞向了茫茫太空，开始了太阳系之旅。这次旅行，苏玛老师还特别邀请了班主任古板老师同行。

虽然太空景色神奇而迷人，虽然月球的环形山令人心驰神往，虽然土星的光环、火星的尘暴、冥王星的冷寂……使同学们感到很新奇，但一想到这是和苏玛老师相处的最后时光，大家的心中就都酸酸的，难过极了。

最难过的恐怕莫过于古板老师了。她背对着大家，站在舷窗前，面对着太空，默默地流了不知多少眼泪。

苏玛老师则尽量地安慰大家，他不停地说着笑话，大家的脸在笑，心里却在流泪。

飞船返航时，每个人都在祈祷时间过得慢一些。当飞船经过土星时，一颗高速运行的流星石击穿了飞船的动力系统，飞船的通信装置也被撞坏。飞船不得不迫降到土星的一颗卫星——土卫一上。

形势一下子变得十分危急。迫降在土卫一上的飞船因为通信装置被破坏，无法发出求救信号，只能等待过往的飞船发现它之后伸出援手。但是，三天过去了，飞船里的食物和氧气越来越少，只够再维持二十四小时。

地球上孩子们的家长因为旅行飞船的信息突然中断，都焦急万分。他们一天到晚仰望着天空，泪流满面，望眼欲穿。

"古老师，你跟我来一下。"最后关头，苏玛老师把古板老师叫到了驾驶舱中。他说道："现在，只有一个办法，就是我把自己化作向地球求救的电波，你把我从电脑中发射出去，跟地球进行联络。"

"不行，那样的话你会消失的。"古板老师的心在颤抖。

"不要犹豫了，照我说的做。你们值得我这么做。"苏玛老师的眼中充满坚定。

古板老师默默地低下头，她知道，尽管她心中有一千个一万个不愿意，但他的说法是可行的。

"快点儿，动手吧！"苏玛老师催促道。他的身体开始虚化，变成一个个飘浮在空中的颗粒。

8

当古板老师按下电波发射的按钮后，泣不成声，瘫软在地，她感觉自己生命的全部活力，在苏玛老师消失的那一刻耗尽了。

苏玛老师和他的微笑在那一刻化作一道强烈的信息电波，风驰电掣般朝着地球而去。他每向前飞行一千米，身上的能量粒子就耗散一部分。但是，他没有任何遗憾了。

他虽不是人类，却已经体验过普通人的生活，还得到了人类的爱——师生之爱、朋友之爱，足够了！

终于，地球接收到了苏玛老师化作的电波，马上派出救援飞船前往土星救援。

古板老师和孩子们得救了。然而，苏玛老师永远地从这个世界上消失了。

很多年后，古板老师有一次在食堂里看见一位年轻的男老师向她走来，她以为那人是苏玛老师，于是微笑着迎了上去。但是，那位年轻老师与她擦肩而过。她再回头时，发现那人只是长得像苏玛老师，而不是真正的苏玛老师。

热泪从古板老师的眼里滚滚而下。

幻想照进现实

你能想象吗？在不久的将来，人们崇拜的偶像不再是真人，喜欢的对象也不再是真人，而是有着人类长相、人类行为，甚至人类感情，比人类更聪明的数码智慧人！如果真有这一天，人类会不会被数码人控制呢？如果比人还聪明的数码人想要凌驾于人类之上，人类又该怎么办？

本文书写了数字化时代一个想要感悟人类情感的数码人——苏玛。他是一个能给人类提供优质服务且备受大家喜爱的数码人，拥有一颗善良的"心"，关键时刻勇于牺牲自己。但倘若这样的数码人心术不正，世界也有可能因此而毁灭！

告别地球

有的人家里的塑料天花板上突然出现一个大洞，满天的星光落进了屋里；有的人正在床上休息，突然塑料床板变软、开裂，整个人掉在床下……

"丁零零，丁零零……"

天还没有亮，艾伦警长就被急促的电话铃声吵醒了。他刚拿起话筒放在耳边，便听见电话那头气喘吁吁的说话声："警长……不好啦，莫里森商场发生抢劫案件……"

抢劫可不是小案件，艾伦挂了电话，匆忙地穿上警服便向案发商场赶去。他一下警车就被叽叽喳喳的记者围住了。他不耐烦地挥着手，穿过人群，走进了商场。

商场里一片狼藉，很多货架都倒了，许多塑料瓶子被压得不成样子，零食也散落一地。

"警长，现场没有发现作案痕迹，而且没有钱财损失。"艾伦的助手向他汇报说。

"这怎么可能呢？"艾伦陷入了沉思。既然是抢劫，为何分文不取？罪犯作案的目的何在？难道仅仅是搞破坏？可是为什么没留下任何指纹和作案痕迹呢？

"警长，您的电话。"一名警察向艾伦走来。

"喂！"艾伦被案件搞得头痛不已，不耐烦地接过电话。

话筒里传来他妻子的声音："艾伦，飞机很快就要起飞了，真遗憾你不能来送我……"

"都什么时候了，你还给我打电话？"艾伦生气地挂断了电话，他以为又发生了什么大事，没想到只是妻子起飞前和他告别。

就在艾伦放下电话时，奇怪的事发生了！

艾伦发现自己的手指不可思议地陷进电话听筒的塑料壳里。他再仔细一看，天哪！电话像放在太阳底下的冰块一样，正在一点儿一点儿融化。

接着，成千上万个电话打向警察局，都在说着家里发生的怪事。

有的人家里的塑料天花板上突然出现一个大洞，满天的星光落进了屋里；有的人正在床上休息，突然塑料床板变软、开裂，整个人掉在床下；有的人家里所有的塑料制品在一夜间统统消失。最惨的是用全塑材料建造的巴克利大街，一夜间突然消失，街上的所有居民均无家可归。

此时，艾伦仍在莫里森商场指挥破案工作。

突然，商场顶棚的塑料板纷纷掉落，玻璃、钢板、电灯

"噼里啪啦"地往下砸。

一名正在做记录的女警察发现她笔记本的塑料封皮正在慢慢融化……

街道在一条条地消失，只剩下残垣断壁，仿佛灾难后的废墟一般。

艾伦坐在木椅上，烦躁不已。办公室里的一切塑料制品都在渐渐融化。

这一切究竟是什么引起的？应该如何控制？艾伦束手无策。

最痛苦的事情莫过于目睹事态在恶化，却一点儿办法都没有。

突然，一位满头银发、一副学者模样的老人出现在艾伦面前。看着艾伦，老人眼中流出两行泪，说道："我是真正的罪犯，你把我抓起来吧……如果不是我粗心大意，根本不会发生这些事……"老人说着说着泣不成声。

"怎么回事？"艾伦站起身来，被眼前的情况弄得一头雾水，"老先生，有话慢慢说。"

老人平复了一下情绪，缓缓道出了事情的原委。

原来，他是A市生物研究所的帕森教授。他一生都致力于研究可以让塑料消失的新物质。

现代社会是个塑料世界，人们用过的塑料瓶子、塑料盒子堆积起来，造成了严重的塑料污染。帕森教授发现了一种细菌，它可以吞食塑料，只要在塑料废品上放上一点儿，就可以使塑料融化、消失。

但他还没找到阻止这种细菌生长的方法。因此他一直保密，没有对外宣传。

昨天，帕森教授用钢笔在莫里森商场开了张支票，但碰巧那支钢笔是他在实验室用过的，支票上就沾了这种细菌。

细菌迅速繁殖，蔓延向城市的每一个角落，于是，灾难发生了……

"没有方法控制吗？"艾伦问。

"没有。"帕森教授沮丧地摇摇头。

艾伦突然想到他的妻子，她身上的物品一定也沾上了这种细菌，而此时已经是第二天黎明了，飞机已经起飞。

艾伦的妻子坐在飞机上，突然，她的塑料挎包带子断了，

科学小笔记

塑料污染

塑料污染，又称白色污染，是近年来联合国环境大会上被列入环境与生态科学研究领域的主要科学问题，并成为与全球气候变化、臭氧耗竭和海洋酸化并列的重大全球环境问题。由于塑料制品难以降解处理，人们用完塑料制品随意丢弃，便会对生态环境和景观造成污染。

接着蜷缩起来……

"怎么回事？"驾驶舱的机长问道。

"仪表指针不动了。"机械师惊慌地说。

空中乘务员慌慌张张地跑进来报告："不好了，飞机舱顶、舱壁和一切用塑料做的东西都在融化。"

说话间，机长的耳机、话筒也开始融化。飞机疯了般地抖起来，头朝下，向地面坠落……

A市正在黎明中慢慢消失。

幻想照进现实

针对塑料污染，世界上许多国家都采取了相应的对策，比如中国倡导购物使用环保袋，减少一次性塑料袋的使用。但是，由于塑料制品具有便宜和耐用等特性，塑料包装仍然占了很大的比重。

塑料自然降解需要百年以上，可处理塑料垃圾的方法仍然没有取得突破性的进展。目前，处理这些塑料垃圾仍然采用填埋、高温堆肥、焚烧等方式。这几种方式都存在弊端。倘若如文中所说，用一种细菌就能让塑料消失，又能有效地控制该细菌的繁殖，那将是人类的一个巨大突破。

魔法小桌子

小桌子真是太好了！如果我渴了，它会变出一杯可口的饮料给我；如果我饿了，它会变出各种好吃的玩意儿：汉堡包、羊肉串、巧克力……

小桌子来到我们家，是在一个小雨淅淅沥沥的下午。当时我正放学回家，突然身后传来一阵奇怪的声音。

"咯噔咯噔咯噔……"

我扭头一看，大吃一惊：是一张小小的八仙桌，正冒着雨，踩着水花，像只小狗跟着我。我走得快，它也走得快；我走得慢，它也走得慢；我立住不走，它就立正稍息向前看齐。

怪了，世界上还有会走路的桌子！我使劲捏了自己一把，生疼，看来不是在做梦。

可是这么一张桌子，虽然会走路，对我又有什么用呢？如果我把它带回家，碍手碍脚不说，妈妈肯定要训斥我："小破烂王，什么劳什子都往家里搬。"

何苦呢？我打定主意不理它，只当没看见似的低头往家里走。可它挪动着四条短腿，不屈不挠地跟着我。我掏钥匙打开家门时，它用一条短腿踩住了我的裤管，无言地、可怜巴巴地求我收留它。

我顿时动了恻隐之心，把门敞开，让它进了屋子，然后用抹布拭去它身上的水珠，让它在客厅里待着。我心里像挂了十五只水桶——七上八下。

"哪里捡来的破桌子？给我扔出去！"

果然，晚上爸爸妈妈下班回家，妈妈一眼看见了那张小桌子（我家只有三十几平方米，小桌子待在哪儿都扎眼），顿时大发雷霆，呵斥我。

"别怪我，小桌子。"我在心里十分遗憾地说。妈妈是我们家的最高统治者，她的每句话都是最高指示，连爸爸都得对她俯首听命，我哪敢不从。

这时，一股香味扑面而至，我看见爸爸妈妈的眼睛瞪得跟铜铃似的，眼珠子仿佛要从眼眶里迸出来。

你猜发生了什么事。

原来，小桌子的桌面上，突然出现满满一桌丰盛的饭菜：天上飞的、地上走的、水里游的……山珍海味，应有尽有，令人眼花缭乱，垂涎三尺。桌上还有一壶酒，爸爸马上举起酒壶往嘴里倒，要不是妈妈狠狠瞪了他一眼，他肯定会将酒一饮而尽的。他依依不舍地把酒壶放回原处，咂巴着嘴，竖起大拇指说："真香哪！好酒，好酒……"

魔法小桌子

55

这是一张有魔力的、会变出饭菜的桌子！

那天晚上，我们全家美美地享用了一顿美食。小桌子从此理所当然地成了我们家的新成员。

小桌子真是太好了！如果我渴了，它会变出一杯可口的饮料给我；如果我饿了，它会变出各种好吃的玩意儿——汉堡包、羊肉串、巧克力……我生日那天早晨，醒来时，发现小桌子为我变了一个香喷喷的大蛋糕，上面用奶油龙飞凤舞地写着六个字：祝你生日快乐。

小桌子很好客。如果有同学来我家玩，它就会变出各种好吃的东西，让我们吃得小肚子鼓鼓的：冰淇淋、火腿肠、泡泡糖……应有尽有。

有一天晚上，王胡子伯伯到我家做客。王胡子伯伯是我爸爸的老朋友，现在是某大饭店十分有名的一级厨师，做得一手好菜。

王胡子伯伯跟爸爸聊天的时候，大讲美食之道，吹嘘他做的菜如何好吃，如何受到行家的赞扬和客人的好评，还说每天都有记者采访他、电视台报道他。

小桌子不干了。趁大家不注意，它溜进厨房，变了一桌子酒菜。酒香菜香飘进客厅，王胡子伯伯猛吸一口气，大吃一惊："闻香味就知道你们厨房里的酒菜非同一般，快拿出来让我尝尝。"

爸爸本来不想多事，可又不好拒绝王胡子伯伯，只好让我将酒菜端上来。王胡子伯伯只尝了一口，就满脸通红，恨不得地板裂开一条缝，他好钻进去。他惭愧地说："色香味俱佳，这是谁的手艺？盖了帽了。跟这位大厨师相比，我做的饭菜可如泥土和蜡一样难吃。算了算了，我还是改行吧！"

第二天，王胡子伯伯就向饭店递了辞呈，改行当了司机。

小桌子爱看电视，是个标准的电视迷。每回看动画片时，它总是偎依在我身边。如果爸爸硬是要换台看《新闻联播》，它就会"咯噔咯噔"跺着脚以示抗议。

它还爱打电子游戏，有一回我回家时听见屋里传来枪声、炮声、惨叫声，推门一看，是小桌子在玩电子游戏机，打得正带劲呢。

小桌子还挺臭美。有一次，爸爸给它上了一层蓝色的油漆，小桌子顿时焕然一新，显得又漂亮，又干净。小桌子对此十分满意，它趁家里没人时，在大衣镜前照了又照，自我欣赏着。有一回正好被我撞见，它赶紧从大衣镜前跳开。我用手摸了下桌面，竟然有些发烫——它害羞了。

小桌子最怕的动物是老鼠。因为老鼠喜欢在它的木头腿上磨牙，将它啃得伤痕累累。所以一听见老鼠叫，小桌子就吓得满屋子乱跑。它跑动时发出的"咯噔咯噔"的声音常常吵得我们晚上睡不好觉。

一天晚上，夜很深了，"咯噔咯噔"的声音又响了起来，把我们全家都吵醒了。恼怒万分的爸爸拉亮了客厅的电灯，正要冲小桌子发火，一个男人暴露在灯光下。他跪在地上，哆哆嗦嗦，磕头如捣蒜，哀求道："饶了我吧，求求你们，我再也不敢偷东西了。"

原来是个贼。他趁我们全家睡着的时候潜入我们家行窃，被小桌子发现了，它及时把我们唤醒，抓住了小偷。

还有一回，也是深更半夜。小桌子又"咯噔咯噔"地跺脚，我们以为又是小偷，慌忙起来看。这时小桌子走到了门边，用短腿敲门。妈妈走过去把门打开，看见对面的居民楼失火了，冒着黑烟，烈焰熊熊。消防队员和附近居民正在紧张地救火。

小桌子"噌"地一下冲了出去，我们也跟着去救火。

"妈妈，妈妈……"三楼传来一个女孩子的哭泣声。是小莉，只有五岁，我去她家玩儿过。

大火正在吞没大楼，大人们看着火光中的小莉急得干瞪眼，一点儿办法也没有。

"咯噔——咯噔咯噔咯噔……"

小桌子向后退了一步再助跑，然后冲进人群，像个武林高手似的，用四条短腿飞檐走壁，穿过烈火，爬上三楼。

人们目瞪口呆，谁见过会救人的小桌子？

小桌子爬上三楼，让小莉坐在桌面上，然后朝不远处的沙堆蹦去。

小桌子落地了，但它的四条腿都被火烧着，一条腿折断了。然而小莉安然无恙。人们将小莉从桌面上抱下来，然后用水桶往小桌子身上泼水，将它身上的火浇灭。

小桌子成了家喻户晓的英雄。记者们为它拍照，并将它吹得神乎其神：什么会像超人一样飞翔、力大无穷、徒手跟外星人搏斗过……简直没边了。许多人知道了我们家有一张有魔力的英雄桌子，都好奇地到我家来参观，把我们家的门槛儿都快踩平了。为了恢复我们家的宁静，爸爸不得不在门上挂一块牌子，写上：**魔桌出国访问，谢绝参观。**

这样，到我们家来参观小桌子的人才渐渐少了起来。

小桌子为了救人，烧断了一条腿，爸爸给它安了一条新腿。但这条腿毕竟不是它自己的，小桌子从此走起路来一瘸一拐的。

更糟糕的是小桌子会变饭菜的魔力从此消失了。爸爸、妈妈不得不重新自己烧菜。幸好有小桌子指导，不久他们也能做出一手色香味俱佳的好饭菜，味道一点儿不比小桌子做的差。

尽管小桌子的魔力消失了，我们一家仍然待它很好。妈妈一有空，就给它"洗澡"，将它全身擦得一尘不染，干干净净。

有一天，我们家来了一位不速之客。那人长了一张黄瓜脸，目光浑浊，又瘦又高，说话还有些结巴。

"你找谁？"我爸爸问他。

"我……我……找……找……我的传……传……传家宝。"

"传家宝？"

"就是……就是那……那张……桌子，"陌生人指着小桌子说，"它……它是我们祖……祖上传下……下来的……"

陌生人结结巴巴地说了足足有半小时。最后我们才弄明白：他过去是个农民。小桌子是他祖上传下来的宝贝，具有魔力。这个人的祖上依靠小桌子，即使在灾荒之年也不会饿肚子，他们祖祖辈辈都很爱惜它。这两年大家都忙于挣钱，这个人在家待不住了，带着小桌子到城市来，开了一家小饭馆。因为小桌子的好手艺，饭馆生意兴隆。可是他贪得无厌，让小桌子超负荷地劳动，整天做菜、做菜、做菜……终于，小桌子忍无可忍，出逃了。小桌子的主人便四处打探小桌子的下落。不久前他在报纸上看到了小桌子的照片和报道，便找到我们家来了。

"不行，你不能把它带走。"妈妈这时发话了。她倒不是贪图小桌子是件宝物，而是怕它跟主人走了会吃苦。

我心里也跟油煎一般着急，我也不能失去小桌子。

那陌生人急了，嚷着要上法院去告我们。

关键时刻，还是爸爸镇定。他拍着那人的肩膀说："老弟，你试试看它还会不会做菜。要是它还会做菜，你就带走。如果不行，那就把它留下，我们来照顾它。"

那人想了想，觉得有道理。于是他冲小桌子喊道："小……小桌子啊，快……快开饭吧！"

他连叫了三遍，小桌子一点儿反应都没有。据说这是一句最有效的咒语，过去不管小桌子愿不愿意，他只要念这句咒语，小桌子就会变出好酒好菜来。

看来小桌子是真的不会做菜了。不会做菜的小桌子对它的主人来说一点用都没有，反而是个累赘。

于是它的主人拍拍屁股，悻悻地走了，一边走一边说："真……真……真倒……倒霉！"

我们家后来添了一套古色古香的家具。小桌子对那张茶色的檀香木桌子极有好感，老往它身边凑。后来它们还生了一张小桌子。我们一家三口同小桌子的一家三口幸福地生活在一起，虽然有点儿挤，但是很快乐。

我小学升初中那年，有一天早晨我做梦，梦见小桌子说它们要走了。我问它要去哪里，它说它们全家要迁往一个很远很远的地方。我醒来时，门开着，阳光从外面洒进来，三张小桌子不见了。

从此我再也没有见过小桌子。

幻想照进现实

如果你拥有一张能随时随地变出一桌子美食的魔法桌子，是不是也会幸福感爆棚？

本文是一篇充满想象的文章。拥有魔法、想吃什么就有什么，或许是每个小孩子的愿望。然而，这终究只是个美丽的幻想，一个童年的梦。等到长大那天，梦就醒了，小桌子也就离"我"而去了。

脑力充电站

一个月后，外星人开的脑力充电站如同雨后春笋般出现在我们这座城市。不，应当说出现在地球上的每一个角落。

夕阳西下，鸽哨声悦耳嘹亮。我、肥仔、泡泡、阿坏和嘟嘟背着沉重的书包行走在回家的路上，却怎么也打不起精神。

说了你可能不信，我们五个都是智商超过普通人几倍的孩子，我们有一个共同的爱好——发明。为此，我们成立了"小发明俱乐部"。

可是我们五个人的总是搞发明，不好好复习，所以考试成绩经常一塌糊涂。老师和同学因此认定我们是坏孩子，我们的俱乐部也被称为"坏孩子俱乐部"。

这不，我们每个人的书包里都揣着一张五十九分的考卷。我们都在想象着，当我们把试卷交给各自的家长后会不会被骂得很惨。

"嗨，小朋友们……"一道油腻的声音在我们耳边响起。

我们循声一看，天哪！一个奇丑无比的小绿人在和我们打招呼。

这个小绿人长得真是丑极了。他身高不到一米，脑袋像石榴，两只耳朵跟妖怪耳朵似的竖着，很尖。鼻子像喇叭，眼睛特别大，嘴巴却是个小圆孔。他的四肢像筷子一样细，肚子却像沙袋般又圆又大。

"你是什么……东西？"我问道。他长得太丑了，我根本不知道他是什么，只能称他为"东西"。

"地球小朋友你们好，我从遥远的呜里哇啦星球来，给你们带来了一个好东西——脑力充电站。"他一边说着，一边骄傲地把手往后一指。

我们顺着他手指的方向看去，看见一个外形像电话亭的小亭子。小亭子里面没有电话，却有一个小铁圈和一副耳机。

"不管是谁，只要到脑力充电站里充充电，立刻会变得耳聪目明，并成为考试高手。"

"哇，这是真的吗？"肥仔两眼放光，不由自主地走向脑力充电站。

"等等！"我拉住了肥仔，"我们都是聪明绝顶的人，根本不需要给脑力充电。另外，聪明并不能和考试成绩画等号。甚至，在某些时候，两者成反比。"

我们都是高智商并且有怀疑精神的人，当然不会轻易相信别人说的话。

"可是，在地球上，人的聪明程度就是用考试来衡量的。"外星人狡黠地说。

这句话噎得我们哑口无言，确实如此。

"要不，我试试吧！"肥仔挣脱我的手，快步向脑力充电站走去。其实，他的智商是我们几个中最高的，但考试成绩是全校倒数第一，他真的很想考出优异的成绩。

于是，我只能眼睁睁地看着肥仔走到脑力充电站前，将小铁圈和耳机戴到头上。

当我看着肥仔将小铁圈套在头上时，脑中突然闪现出《西游记》里孙悟空戴上紧箍的情形，心中生出一种不祥之感。

脑力充电站的一盏红灯亮了，肥仔的脸上突然出现了痛苦的神情。

我想过去帮他，外星人却拦住了我："这只是正常反应，你不用担心。就像打针一样，总会疼那么一下。"

三分钟后，肥仔摘去了小铁圈和耳机，他欢快地走出来，神情十分陶醉。

第二天数学考试，肥仔果然考了满分。

从此，肥仔每隔一段时间就到外星人开的脑力充电站去充电。他也因此成了考试高手。

一个月后，外星人开的脑力充电站如同雨后春笋般出现在我们这座城市。不，应当说出现在地球的每一个角落。

外星人充分利用地球上的各种媒介对脑力充电站进行宣传。

外星人以不菲的价格买下了所有的广告时段，人们每隔几分钟就可以在电视里看到这样的广告：一名戴着口罩、穿着蓝色工作服的清洁工在清扫街道。一个外星人拉住了她，请她到脑力充电站去充电。当清洁工从脑力充电站出来时，外星人递给她一张英语试卷。清洁工飞快作答，一位专家当场给她批改，竟然是满分。她立刻潇洒地摘去了口罩，脱下了工作服，刹那间变成了一个容貌清丽、气质高雅的白领。

广告的结尾是她拎着一个小行李箱，手里拿着护照和机票，登上了飞往国外的飞机。

外星人还高价买断了广播、报纸、杂志、大小网站所有的广告，并请人制作了好几个版本的广告。无一例外，都是在宣传脑力充电站提高考试能力、改变命运的神奇能力。

于是，不管你到什么地方，你眼睛看到的、耳朵听见的，全是脑力充电站的广告。

外星人还建立了脑力充电网站，并且在网站上销售和脑力充电站相关的物品。

在外星人强大的宣传攻势下，地球上掀起了脑力充电旋风，也有人称之为脑力革命。外星人主张所有人都需要脑力充电。并且，所有人也是这样认为的。

学生希望通过脑力充电在考试中过关斩将，取得好成绩；蓝领希望通过脑力充电提升能力，成为白领；白领希望通过脑力充电成为公司总裁；公司总裁则希望通过脑力充电，在商战中战胜别的公司；员工们希望通过脑力充电升职；商人们希望通过脑力充电赚更多的钱……

脑力充电的效果非常明显。

正如外星人所说，地球人是以考试成绩来衡量聪明程度的，而所有经过脑力充电的人，都成了考试高手。不管什么样的考试，都能轻松地获得满分。

事实证明，外星人事先进行的广告投入，在不到半个月里，就收回了成本。不仅如此，他还通过脑力充电站得到了千百倍的回报。不久，地球人个个成了考试高手，而外星人成了大富翁。

如果外星人的目的仅仅是赚地球人的钱，倒也没有什么大不了的。但是，事实证明，外星人的野心远不止于此。

半年后的一个夜晚，没有月亮也没有星星。我们所在的城市上空，不，应当说是世界各地的上空，出现了无数绿色的飞碟。

飞碟发出一种声波，这种声波使所有人都不由自主地从建筑物里走了出来，用呆滞的目光仰望天空。

对，就是呆滞的目光。

所有人，只要用脑力充电站给大脑充过电，哪怕只是一次，就会像上瘾一样对脑力充电站产生依赖，每隔一个星期就会不由自主地去充电。而每充一次电，他们目光里的活力和灵气就会消失一些，取而代之的是呆滞与麻木。

半年后，虽然所有人都成了无与伦比的考试高手，但是，他们的眼睛都变得空洞无神，毫无生气。

"愚蠢的地球人……"一道可憎的声音在所有人的脑中响起——又是外星人飞碟的声波在作用于人们的大脑。

有一些还有点儿自我意识的人想捂住耳朵不听，但没用，那声波是穿过头皮，直达大脑的！

"现在，是我呜里哇啦星球的星主——呜里哇啦大王向你们揭秘的时候了。我们设立在地球上的脑力充电站，其实是徒有虚名。它们并不能增强各位的脑力，相反，它们会给使用它们的人一种心理暗示，让他们不由自主地束缚自己的想象力、创造力和生命的活力。久而久之，你们就会把除考试以外的一切，都压抑在内心深处。"

呜里哇啦大王咳嗽了一下，接着说道："现在，我宣布，地球从今天开始成为呜里哇啦星人的殖民地。我——呜里哇啦大王，就是地球的主人。而你们，从今天起，就要被送往太空牧场和其他需要劳动力的地方。以后你们就是我们呜里哇啦星人的免费劳动力了。我们想要你们做什么，你们就要做什么，所有我们不喜欢做的事情都会交给你们，哈哈哈……"

这一瞬间，每个人的心中都生出一种难以言说的屈辱感。孩子们想掏出口袋里的弹弓去射天空中的飞碟，市民们想捡起地上的砖头去砸路边的脑力充电站，士兵们想拿起手中的武器向飞碟开火，军官们想向军队发布朝外星人发射导弹的命令……

然而，所有的屈辱、反抗都因为脑力充电被压抑在了内心深处。人们现在所能做的，只有逆来顺受。

飞碟即将降落在地球上，地球人面对这样任人宰割的处境却毫无办法。

就在这个关系着地球与人类命运的关键时刻，一阵美妙的音乐出现在人们脑中。这音乐和外星人说话的声音一样，就算捂住耳朵，音乐还是会穿透大脑皮层进入你的大脑。音乐集合了古今中外所有美妙音乐的精华，悦耳动听到了极点。

科学小笔记

大脑皮层

大脑皮层，又叫大脑灰质，可以看作覆盖在大脑最上面的一层皮。它有凹下去的，有凸起来的，褶皱在一起（凹下去的叫"沟"，凸起来的叫"回"），整个展开大概有一张报纸大，2~4毫米厚。当然，它的大小和厚度因人而异。我们常说的锻炼大脑让人变聪明，从生物学上说就是让这张"大脑皮层"表面积变得更大，更厚。

它像绵绵的春雨，滋润着人们干枯麻木的心田；它像一把闪亮的钥匙，开启人们封闭心灵的枷锁；它像决堤的洪水，冲溃压抑着人们意识的防线……

脑力充电站施加给地球人心灵上的枷锁刹那间荡然无存，每个人的自我意识开始恢复，人们的目光里重新出现生机……

就在外星侵略者的飞碟即将着陆的时候，每一个地球人都行动起来。孩子们用弹弓射击飞碟；市民们捡起砖头将脑力充电站砸烂；士兵们手中的武器一齐指向飞碟，全力开火；各国总统纷纷下达了向外星人的飞碟发射导弹的命令……

外星人大大小小的飞碟，像被射中的气球一样爆炸了，四分五裂，在没有星星也没有月亮的夜空中，看起来像是绽放出一朵朵美丽绚烂的烟花……

我、肥仔、泡泡、阿坏和嘟嘟看着眼前的一切，不禁热泪盈眶，欢呼雀跃。

其实，早在半年前，我们这个"小发明俱乐部"除了肥仔的另外四名成员就通过研究肥仔的变化，察觉到了外星人想对地球人实施的阴谋。

我们争分夺秒地展开研究，终于，音乐天才泡泡创作了一曲可以唤醒地球人心智的音乐。为了验证音乐的效果，泡泡先用肥仔做实验，成功将肥仔唤醒。

电脑天才阿坏将音乐编写成了程序，机器天才嘟嘟发明了可以将音乐程序发射到人造卫星上的发射器。

而我这个管理天才，则在外星人的阴谋即将得逞的前一刻，让嘟嘟将音乐发射到了卫星上。通过人造卫星，使音乐流入每个人的心田，唤醒了人们的反抗意识，让人们重新找回了活力。

就这样，图谋不轨的外星人夹着尾巴逃跑了。在此后的一千年里，他们再也不敢踏上地球一步。

幻想照进现实

在应试教育的影响下，孩子们将考试成绩看得尤为重要，每个人都希望自己能轻轻松松得到高分。当你考试遇到难题时，你是否也希望拥有"脑力充电站"这样的高级设备？只需"充电"几秒钟，任何考试都难不倒你！

文中外星人通过"脑力充电站"差点儿控制整个地球，幸亏被"小发明俱乐部"识破阴谋。这从侧面告诉我们，投机取巧、不劳而获是不可取的，很可能你已钻进了坏人给你设计的圈套！学习知识，一定要踏踏实实，一步一个脚印，那样才能真正让知识成为对自己有益的东西。

外星人来我家

我们全家人的嘴巴都张成了"O"形。飞碟悬浮在客厅中央。它的中部有一扇小窗户，有一颗蓝色的小球在慢慢旋转——事后我们才知道，那是外星人的眼睛……

"咔嚓——"

一声脆响，电视屏幕上的画面突然缩成一个白色的亮点，画面消失了，屋里的灯全灭了，黑暗笼罩着全屋。

全城停电。我们一家三口坐在黑暗里，望着窗外灿烂的星光，等待光明的到来。外面的大楼在黑灯瞎火中静立着，像一个个高大沉默的巨人。

"快看，飞碟，UFO（不明飞行物）！"妈妈指着窗外叫起来。

我一瞅，嘿，一个银亮的、圆盘似的玩意儿正"嗖嗖"地旋转着，拖着一条彗星似的尾巴自西向东飞来，婀娜多姿，仪态万千。

最奇怪的是它笔直地冲我家飞来，轻盈地越过窗台，进入客厅。它身上散发出的柔和的银色光芒，照得满屋子的家具、电器、日常用品闪闪发光。

我们全家人的嘴巴都张成了"O"形。飞碟悬浮在客厅中央。它的中部有一扇小窗户，有一颗蓝色的小球在慢慢旋转——事后我们才知道，那是外星人的眼睛，它正透过飞碟的舷窗观察我们呢！

"出来吧，外星朋友，我们欢迎你！"爸爸拍着手热情地说道。

那只眼睛观察了我们足足三分钟。

之后，飞碟的一扇小门开了，一个形状像水母的生物飘了出来。它只有一只眼睛，目光中充满胆怯、无助和善良。它还有三只绵软的触角，紧紧地握着一颗深绿色的水晶球。

"你……你好！"爸爸代表全家发言。

"你们好！"外星人的声音像一个小女孩，婉转动听。

"你会说地球话？"我惊讶得不得了。外星人是在到我们

★ **科学小笔记**

脑电波

　　人的身上都带有磁场，人在人思考的时候，相应的磁场会发生改变，形成一种生物电流，我们把它称为"脑电波"。

　　我们所认为的脑力劳动者会比休力劳动者有更大的饥饿感，是因为思考得越用力，形成的脑电波就越强。

家的短短几分钟内，通过接收我们的脑电波学会的地球话。

"我叫兰姆，从阿拉星来，途经地球时飞碟能源不够了，迫降在贵星球……多有打扰，请多包涵。"外星人彬彬有礼地自我介绍。

"你的飞碟没有能源了吗？"爸爸说，"这好办，虽然地球人总是浪费能源，但地球上的能源供应你那艘小飞碟回家应该没问题。对了，飞碟用什么能源？原子能、太阳能、电能，还是水能、风能？"

"不，都不是。"兰姆摇摇头，"阿拉星人早就不使用您说的物质能源了，通过原子核反应堆产生的能量不仅太少，而且破坏生态平衡，污染环境。在阿拉星上，人们使用的是精神能源。"

"精神能源？"爸爸问，他是位能源专家，却从没听说过这个词。

"精神能源就是地球人说的'爱'，爱的能量是巨大的。在阿拉星上，人与人之间消除了隔阂，消灭了欺骗与谎言，消灭了尔虞我诈、言而无信……没有战争，甚至连争吵都没有。人与人之间相亲相爱。爱使我们星球上的机器运转、汽车行走、飞船在宇宙间往来穿梭……"兰姆侃侃而谈。

"爱的能量真有那么大吗？"爸爸目瞪口呆，接着饶有兴趣地问，"你们是怎么将爱的能量提取出来的呢？"

"就是用它——爱之球。"兰姆高高举起水晶球说道，"阿拉星人将爱（亲人之爱、朋友之爱……）源源不断地贮存进星球的能量库，谁要用能源，就用爱之球从能量库中汲取。临行前，我用爱之球汲取了十万基比（阿拉星上的计量单位）的爱，相当于地球上一百万个孩子的爱。我原以为用这些能量足够在银河系转一圈儿，没想到刚到地球就用完了。"

兰姆说着，长长地叹息一声，它无比轻盈地飘到窗户边，仰望繁星似尘的夜空。兰姆想家了。

为了帮助兰姆回家，我们全家陷入了苦思冥想之中。

我们绞尽脑汁，但一天天过去，我们的努力收效甚微。兰姆的水晶球虽然因我们三口之家浓浓的爱增加了一些亮色，但整体依然暗淡无光。

兰姆绝口不提回家的事，但我们都知道它心里很焦急。

一天晚上，电视里播放美国斯皮尔伯格导演的科幻片

科学小笔记

《E.T.外星人》

1982年的影片，由大导演斯蒂芬·斯皮尔伯格执导，刚上映就引爆电影院，在那个年代拿下了7.9亿美元的票房，影片质量可见一斑。该片讲述一个天真无邪的小男孩发现一个意外走失的小外星人，并与之建立纯真友谊的故事。

《E.T.外星人》。当影片里出现E.T.对着太空深情呼唤"回家"时，我们全家都心如刀绞，兰姆情不自禁地失声痛哭起来。

然而，叔叔的到来使事情出现了转机。叔叔是个玩具商，他在南方有一家规模很大的玩具公司。他总是很忙，极少回家，圣诞节前夕，他拎着包推开家门，看到我们闷闷不乐的样子，不解地问："发生什么事了？你们怎么全是一脸苦相？"

爸爸便将外星人兰姆的事告诉了叔叔。

"外星人在哪里？带我见见它，没准我有办法。"叔叔充满自信地说。

他话音刚落，兰姆就像一朵云飘了过来。叔叔看见兰姆，顿时目瞪口呆，眼睛瞪得跟小灯泡似的，倍儿圆。

"你就是外星人？"叔叔惊讶地说，"真美啊！简直是天才的创意。"

我们全家面面相觑，至于他的话是什么意思，叔叔并不解释，他从包里掏出照相机，"咔嚓咔嚓"给兰姆的正面、侧面拍了七八张照片。

然后，叔叔拎起包，对我们说："兰姆的事包在我身上，我保证在春节当天会有一百万，不，一千万以上的孩子对兰姆奉献一份爱心……我要去忙了，再见。"

叔叔匆匆忙忙地走了。

叔叔的葫芦里究竟卖的什么药？时间一天天流逝，春节一天天临近。然而外星人的水晶球仍是外甥打灯笼——照旧，一直暗淡无光，我们全家快绝望了。

除夕，外面纷纷扬扬地下起了大雪。外星人兰姆靠在壁炉边取暖，无精打采。

这个除夕少了一样东西——节日的气氛。

"大家快来看哪！"妈妈突然大叫起来。天哪！放在屋子中央的水晶球突然迸射出五颜六色的光芒，无比耀眼。

"十万基比……五十万基比……一百万基比……

"一千万基比……五千万基比……那么多精神能源，那么多爱，够了，够了……"兰姆激动得触角乱颤，水晶球亮得宛若一个五彩缤纷的小太阳。

正月初一一大早，我们全家出门观赏雪景。我抱着兰姆在街上走。

兰姆突然失声惊叫。我看见对面一个小女孩，怀里抱着一个跟兰姆一模一样的外星人，我感到莫名其妙。这时，又有几个孩子奔跑过来，他们的怀里也抱着一个又一个兰姆，边走边跟"兰姆"说话，还不停地吻着。

我们环首四顾，天哪！街上到处都是兰姆的影子——大部分孩子都抱着兰姆。

"看哪，商店里有卖兰姆的。"爸爸大声说。

果然，几乎每家商店外面都挂着招牌：**出售外星人玩具，**

每个十元。

原来，孩子们手中捧着的是根据外星人兰姆的模样做成的玩具。而这些玩具，都来自我叔叔的玩具工厂。

精明的叔叔模仿兰姆的形象做成的外星人玩具，赢得了千千万万孩子的爱心。

"再见——"我们全家朝兰姆的飞碟使劲挥手。银亮的飞碟绕着我们的住宅楼依依不舍地飞了一圈儿，向我们告别。然后，它以越来越快的速度飞向星空，直到化作一个雪白的亮点，消失在茫茫星海之中。

就这样，兰姆带着无数地球孩子的爱，踏上了返乡之路，而飞碟在宇宙中每航行一步，就燃烧掉一份地球孩子的爱。

幻想照进现实

你相信有外星人存在吗？如果有一天，你偶遇了一个不明生物（外星人），你会试着去跟它接触，还是立马跑走，以防危险发生？

UFO、外星人、外星飞碟等一直是人类探索与讨论的热门题材，被称作未解之谜。虽然目前人类仍然无法证实外星人的存在，但很多人相信浩瀚的宇宙中，除了地球上拥有生命，肯定还会存在其他拥有生命的星球！

卵生人计划

连续好几天没睡觉的我激动万分地等待着一个伟大时刻的到来：我的实验室中央的生态箱中，放着一个直径约一米的白花花的蛋——世界上第一个卵生人的原始卵。

"什么是卵生人计划？"

"所谓的卵生人计划，就是将人类的繁殖方式由原来的胎生改变为卵生。也就是说未来的人类将不是从娘胎里生出来，而是从蛋壳里孵出来。"

"为什么要进行卵生人计划的实验？"

"这是针对环境污染过于严重而进行的实验。众所周知，一个世纪前，地球上的大气就不适合人类呼吸了，人们上街必须戴着头盔面罩，吸取氧气瓶里制造的人工氧气。

"尽管这样，各种有害的射线依然时时刻刻穿透我们的身体，各种有毒的气体也在侵害我们的健康。一位怀有胎儿的母亲在这样的环境下生下的孩子，体质只能越来越差，人类的身体素质也将一代不如一代。

"而卵生胎儿在出生前由防各种射线和毒气的蛋壳保护

着。另外，还能采取高科技手段对基因进行改造，使卵生胎儿在体质、智力、外表等各个方面都比胎生胎儿强，这样，人类就会一代比一代优秀……"

"卵生人计划的实验成功了吗？"

"我已经进行了整整一千次实验，全都失败了，但失败是成功之母，即将进行的实验成功的可能性很大。"

"阿忆博士，我们都衷心地希望你早日成功。"

以上是在公元31世纪的一次"世界科学论坛"上我和我的同行们所进行的谈话。

一个星期后，在我的实验室里，连续好几天没睡觉的我激动万分地等待着一个伟大时刻的到来：我的实验室中央的生态箱中，放着一个直径约一米的白花花的蛋——世界上第一个卵

科学小笔记

生态箱

生态箱是一类模拟自然生态环境的动植物饲养场所，通常是封闭或半封闭式的，一般上生态箱的设计会设法让里面的动植物保持一种半自供自给的生态平衡。依据生态箱的制作材料及培养规模而有不同的名称，小规模者如放置于桌子上的生态缸、生态箱，大规模者如生态室、生态馆等等。生态箱除了出于研究、教育目的之外，也可作为观赏用途。

生人的原始卵。（生态箱内部消过毒、温湿度适宜，与外面充满细菌和毒气的世界完全隔绝，便于原始卵发育。）

这是我多年汗水和智慧的结晶，今天，它将要破裂，人类历史上第一个卵生人即将诞生。我把全息摄像机对准了原始卵——全世界一千亿人正在家中通过全息电视的屏幕注视着它的变化。

"咔嚓——咔嚓——咔嚓嚓——"生态箱中的蛋壳晃了起来，发出巨响，出现一道歪歪斜斜的裂缝。

我的心剧烈地跳动起来。

科学小笔记

全息摄像

随着全息技术的不断完善，越来越多的人希望它能在生活中更广泛地得到应用。全息技术在三维显示方面有着巨大的优势。三维技术只是在二维的平面上通过构图及色彩明暗变化实现人眼的三维感觉，而全息技术则能完全模拟现实物体，从不同角度距离观看全息图，能得到与观察实物相同的结果，既能看到实物的不同侧面和大小透视变化。随着人们对技术、学习及娱乐要求的提高，全息显示技术必将代替现有的显示技术而成为显示界的新宠儿。

"10，9，8，7……"我的助手们居然倒计时起来。果然，那个原始卵在大家数到最后一下时破了，一只白白嫩嫩的小手从裂成两半的蛋壳里伸了出来……

"哇！成功了！"大家欢呼起来——全世界的人都在为这一时刻而欢呼！激动得泪流满面的我看见一个白皙、健康、长得跟小天使一样美丽的女婴从蛋壳里爬了出来。并且，一分钟后，她竟然站了起来，冲我招手，喊道："爸爸——"

一个刚刚出生的婴儿不但会爬、会站、会走路，而且会说话，会认爸爸，可见其身体素质和智商确实非同一般。我迫不及待地打开了生态箱，伸出双手要去抱她。

然而，就在这时，她踉跄着倒下了。她的双手卡着脖子，纯净的目光里充满无助，艰难地说："爸……爸……我……闷……难……受……爸……爸……救……我……"

我的实验又失败了，世界上第一个卵生人——冰儿（我为她取的名字）因为无法适应稀薄的、有毒的空气，夭折了。

当记者再次问我是否还要进行第一千零二次卵生人计划实验的时候，我摇摇头说："不，在我进行下一次实验之前，我要做的是治理好我们的大气，消灭污染，为不管胎生还是卵生的后代创造一个干净、清洁、美好的环境。"

生物界有卵生和胎生的区别，我们熟悉的宠物猫猫狗狗就是胎生，而小鸡小鸭则是从蛋壳里出来的卵生动物。人类的繁殖方式也是胎生，如果改变了人类原本的繁殖方式，想象一下，小婴儿从蛋壳里爬出来会是一种什么场景？

科学家们之所以想改变，是因为生存的环境实在太差，但是这样只是治标不治本，只有拥有干净、清洁、美好的生存环境，才能让我们生活得更好。

超时空大战

　　我的心中划过一丝疑惑：难道我们真的到了外星飞碟上？小绿人为什么会晕倒在地？是它在我脑中制造了声音，把我吸引过来的吗？它这样做究竟是为了什么？

引子

"轰隆隆——"

足足有三十层楼高、身体像坦克、长着三条长腿的机器怪兽在城市里肆虐着：它们每走一步，地面就像地震似的剧烈地震颤一下；被它们碰触到的建筑物，不管之前看起来多么坚固，都像积木搭成的一般断裂倒塌；它们长长的炮管里射出来的激光，射到哪里，哪里的人和物就会在瞬间被汽化。

大街上交通严重拥堵，为了逃生，司机们不得不弃车，和行人一起尖叫着四处逃窜。整个城市乱成了一团。

人类出动海陆空三军阻击三脚怪。但是，不管坦克发出的炮弹，还是军舰和战斗机发射出的导弹，抑或陆军士兵用火焰喷射器发射的火焰弹……打在三脚怪身上，最多只能炸出一个个小坑——就像给它们挠痒痒，不能伤害它们分毫！

三脚怪刀枪不入！

人类军队不得不使出第二招：几十架军用直升机同时出动，朝三脚怪扔下巨大的钢索，想把它们勒住，或者像绊马索一样绊倒它们。

但是，三脚怪并不像人们想象的那么脆弱，貌似强大的钢索既缚不住它们，也绊不倒它们。而那些军用直升机，不是被三脚怪带得坠地爆炸，就是被它们发出的激光击中，眨眼间灰飞烟灭！

世界末日来临了，三脚怪是人类的终结者！

不过，人类并非毫无办法。此时，沐浴着夕阳的光辉，我驾驶着一架二十几米高、变形金刚似的机器巨人——高达，朝三脚怪冲了过去。

高达完全受我操控，它的手中举着一把银光锃亮的光剑，当我做出劈砍的姿势时，高达做出了和我一样的动作——挥舞光剑，砍向三脚怪一条擎天柱似的金属腿。三脚怪的那条腿立刻断了，它的身体踉跄起来。

我跺脚，高达也跺脚，它的身体腾空而起，飞向空中。我做挥剑砍下的动作，高达的光剑与我的手势同步，凌厉地将三脚怪的坦克身体一分为二，"轰隆"一声巨响，三脚怪的身体在倾斜着往下倒时爆炸了，爆炸声震耳欲聋！

就这样，我解决了一只三脚怪。但是，三脚怪可不是只有一只。它们有成百上千只！我好不容易干掉了一只，其他的也围了上来。

"小空，当心你的右侧！"我的耳机里，传来我的好朋友朱聪明的声音。

我扭头一看，只见一只三脚怪正将炮管对准我操纵的高达。我连忙低头，我的高达也低头闪躲，但是，我和高达的反应有些慢了，高达的左臂被激光击中，冒出一股黑烟，我也感到左臂传来一阵钻心的疼痛——我的身体感觉和高达也是同步的，在我的手臂感觉无力时，高达手中的光剑也差点儿掉到地上。

接着，又一道激光朝我的高达的心脏部位袭来。危急关头，说时迟，那时快，一个红色的高达飞奔过来，将我的高达推到一边。

我侧翻在地上，我的高达也倒在地上。我扭头一看，是我的另一个好朋友白谷静驾驶的高达救了我——这可真叫"美女救英雄"啊！白谷静学过武术，身手灵活。我还没来得及向她道谢，又有十几只三脚怪拥了过来。它们将我、白谷静和朱聪明操纵的高达团团围住，并将激光炮的炮管对准了我们。

"轰隆隆——"十几道激光同时向我射过来，我无处躲藏，意识到在劫难逃，大喊一声："救命啊！"

遮天蔽日的大飞碟

"救命啊！"我猛地从床上坐起来，汗水涔涔而下。

我环顾四周，天已大亮，明亮刺眼的阳光透过白色的窗纱照射进来，写字台、柜子、衣橱……散发着金黄色的光芒。

还好，我是在卧室里。我长长地吁了一口气，自言自语："原来是一场梦啊！"

我感觉浑身酸痛，好像真的参加了一场大战。并且，虽然醒了，但我竟然还能清晰地回忆起被三脚怪追杀的可怕场景。

最近一段时间，我每晚都会梦见星球大战：有时，我开着高达，在冒着黑烟的城市废墟里与外星人的机械怪兽大战；有时，我成了铠甲勇士，挥舞着光剑与外星人比武；有时，我驾驶着海陆空小型战舰，在大海深处与敌人交战；有时，就像刚才做的梦那样，被一群可怕的三脚怪追杀……

奇怪，我怎么会梦到星球大战呢？最近我没有看关于星球大战的电影和漫画啊！我愣愣地坐在床上，回想刚才的梦境，心有余悸。

"小空，快起床，上学要迟到了！"妈妈在外面敲门，大声喊道。

我马上从床上爬起来，看了一下闹钟，糟了，快七点了！刚才沉浸在对梦境的回忆中，我竟然没听到闹钟响！

我用最快的速度刷牙洗脸换衣服，然后把书包往肩上一背，闪电般冲出了房间，正准备冲出家门。

"你还没吃早餐呢！"妈妈在我身后大声叫道。

我三步并作两步地冲出家门，扭头说道："没时间啦，妈妈，李老师让我们提前二十分钟到校！"

李老师是我们的语文老师，他喜欢让我们提前到学校早读，最近快要期中考试了，他对我们的要求更是严格。

妈妈还没反应过来，我已经像一阵风冲出了家门。

气喘吁吁地跑到公交车站，眼看着我搭乘的那路公交车就要关门离去了。我像头猎豹冲上了车，车门在我身后"砰"的一声合上了。我松了一口气，心想：搭上这班车，应该能赶上李老师的早读课了吧。

公交车内人很多，挤得跟沙丁鱼罐头似的。我抬起脚准备再往里面挤一些，却发现抬起的脚放不下去了——我的前后左右都是脚，没有我放脚的空间。

忽然，公交车剧烈地晃动了一下，我心里一阵哀号："天哪！公交车不会坏了吧？那我肯定要迟到了！我怎么这么倒霉啊！"

公交车头朝上尾朝下倾斜了一下，接着就像坐飞机，我先是感觉到轻微的超重，之后又感觉到轻微的失重——公交车正在上升！

我往窗外一看，真是不看不知道，一看吓一跳：仿佛地球引力消失了，大大小小的汽车都飘了起来，在天空中飘行着、穿梭着。

我傻眼了，揉揉眼睛，自言自语："我不是在做梦吧？"

周围尖叫声四起——

"怎么回事？"

"这是超自然现象吗？"

"快看，天上有一个大蛋糕！"

"什么大蛋糕？那是UFO，好可怕！"

"天哪！外星人入侵地球了！"

"世界末日到了！救命啊！"

……

周围的人都在尖叫，我觉得耳朵都快要被乘客们发出的声音震聋了。听说外面有不明飞行物，我使出吃奶的力气挤到窗户边，探出头去看：啊，天空变成了血红色，一只大得能遮住大半个天空的飞碟悬浮在半空中。所有的车辆都飘了起来，地面上的人像无头苍蝇四处奔逃……

这是科幻电影《独立日》里的经典镜头啊！难道外星人入侵地球了？不不不，我八成还没从梦里醒来，这是梦中梦！

难道是幻觉？我狠狠地掐了自己一把，痛得龇牙咧嘴。

天哪！竟然不是梦！

莫非外星人真的入侵地球了？我的脑海中闪过一百零一部外星人入侵地球的电影与动动画片。我心想：现在该怎么办？

我想起了早晨做的梦：要是我能像梦里一样帅，和朱聪明、白谷静一起驾驶着高达和三脚怪作战，拯救地球就好了！

想到这里，我不由得飘飘然起来。

这时，四周忽然安静下来。我诧异地望了一眼窗外，公交车又回到了地面。

我再次环顾四周：咦，公交车上的乘客们看报纸的看报纸、吃早餐的吃早餐、背单词的背单词……好像什么都没有发生过呢！

还有，外面的车辆、人流，也没有任何异常。交警依然像平时一样指挥交通，上班族的脚步依然匆匆，引车卖浆者依然沿街叫卖，路边小店的店员忙于开张……

这是怎么回事？难道刚才的一切真的是我幻想出来的？

我低头看手臂，刚才狠狠地掐自己留下的红色印记还在呢！

我问旁边的一个戴眼镜的叔叔："天空中的飞碟……怎么不见了？"

那位叔叔莫名其妙地瞪了我一眼，说道："飞碟？什么飞碟？小朋友，你应该好好学习，不要成天胡思乱想！"

我疑惑地摸摸自己的头，心想：难道是幻觉？

周围的人没有任何异常，如果不是发生过刚才的事情，这真是一个普通得不能再普通，和平时没有任何区别的早晨！

这究竟是怎么回事？

公交车到站了。

我迷迷糊糊地走下车，朝着学校的方向走去。

"嘭！"

我撞到一个人，和他一起摔了个四脚朝天。

我挣扎着爬起来，定睛一瞧，是朱聪明！他正满地摸索着他的眼镜。朱聪明是我的好朋友，人称"小博士"，因为爱看稀奇古怪的书，研究外星人和UFO，又不爱护眼睛，近视度数很高，不戴眼镜就跟睁眼瞎似的。

我赶紧帮他把眼镜捡起来递给他。朱聪明戴上眼镜，站起来，拍着身上的土说："小空，你梦游啊？走路横冲直撞的！"

我激动地一把抓住他的手，说道："朱聪明，你刚才有没有看到UFO？"

朱聪明先问我今天是不是4月1日，在得到否定的答案后，他把手放在我的额头上，说道："什么飞碟？小空，现在是大白天，你该不会是在做梦吧？"

我手指天空，着急地说："刚才出现了一个飞碟，把天空都给遮住了！你看到了对不对？"

我迫切需要一个人告诉我，刚才他也看到了飞碟，这一切都不是我的幻想——要不然实在是太诡异了！

朱聪明瞪着眼说："小空，你是不是没睡醒啊？如果没睡醒，你还是回家好好睡一觉吧！"

我摇摇头，指着手臂说道："你看！"

朱聪明看了一眼我的手臂，莫名其妙地问："看什么？难道上面有飞碟？"

我说："谁说我手上有飞碟了？这是刚才飞碟出现的时候，我怀疑自己做梦掐的。你瞧，印子还留在这里呢，我没做梦……对了，肯定是外星人把你们的记忆都清洗了！科幻电影里不都是这么演的吗？"

朱聪明看了我一眼，哈哈大笑道："什么外星人清洗了我们的记忆？小空，你的想象力真是越来越丰富了！"

我还想说点什么，有人从背后狠狠地拍了一下我的脑袋，说："快要上课了，你们还有时间站在这里聊天？"

我转头一看，是白谷静。白谷静是我和朱聪明的好朋友，不过她跟我们俩不一样，她每次考试都考一百分，而且从不迟到早退，十分遵守学校的纪律。她还经常训斥我和朱聪明不好好学习，不遵守纪律。

朱聪明看了一眼手表，一边往学校冲一边哇哇大叫："天哪！快迟到了！孙小空，我要被你害死了！"

没有我他也经常迟到好不好？竟然把责任推到我身上，有没有良心啊？

一听说快要迟到了，我也没心思再跟白谷静证实早上的事情是不是梦境了，直接冲向了学校——对我来说，上课迟到比外星人入侵地球还严重！

超级大脚印

我们一溜烟地跑进学校。经过操场的时候，我看见操场上有很多学生，他们正围成一圈在看什么东西——都快上课了，他们不进教室，围在这里干什么？

我的好奇心又犯了，直奔那些人而去。白谷静在我身后大叫："小空，不要去看热闹了，快去教室上课，不然要迟到的！"

我一边跑一边气喘吁吁地说："那里一定发生了什么事情，我就看一眼！"

我用了四十九种办法，终于挤进了里三层外三层水泄不通的人圈。我的眼前出现了一个超大的坑——足足一米深，有三分之一个操场那么大。

科学小笔记

哥斯拉

荧幕上最经典的巨兽之一，作为庞然大物，它不但拥有不俗的肉搏战战绩，其原子吐息的破坏力更是可怕。哥斯拉某种意义上已经属于神兽级别了，并不是一般的怪兽所能比拟，属于超自然现象，已经多次被拍成电影。

是个大脚印——和电影《哥斯拉》里怪兽的脚印一样大！

今天早晨是怎么啦？科幻大片里的经典情节怎么在我的周围轮番上演呢？

我听见同学们议论纷纷——

"哇，好大的脚印啊！是恐龙的脚印吗？"

"恐龙的脚印没这么大，是哥斯拉的吧？"

"哪有什么哥斯拉？你科幻电影看多了吧？"

"那会是谁的脚印？"

……

"这脚印……很可能是从那里出来的！"一个女生指着操场另一端，一个被铁栏杆围住的地方，神秘兮兮地说道。

那里生长着高大、茂盛、摇曳的竹子。在竹林的深处，隐隐约约可以看到一幢长满爬山虎的古老钟楼。

钟楼是我们学校最恐怖的地方，也是我们学校的禁地。那里经常会发出怪声，听说里面有妖怪！平时，别说晚上，就连大白天都没人敢靠近它。

奇怪的是，学校既不把钟楼拆了，也不把瘆人的竹林铲平，只是用铁栏杆围起来，并在铁栏杆上挂了块牌子，上面写着：**禁止入内！**

听那个女生这么说，大家都吓得脸色苍白。

有个男生小声地说："难道钟楼里有怪兽？这脚印是里面

的怪兽跑出来留下的？"

朱聪明这时也挤进来了。他摇摇头，像个专家似的说道："不可能！钟楼里根本就不可能有怪兽！要是钟楼里有怪兽，那它吃什么，喝什么？从这个脚印的大小推测，它绝对比钟楼还高！"

朱聪明最喜欢研究稀奇古怪的事情。不过，他是个无神论者，从来不相信有妖怪，总要给神秘现象一个貌似合理的解释。

我对他的说法不以为然，反问道："那你说说，这个大脚印是怎么回事？"

朱聪明想了想，说道："一定是有人恶作剧，趁晚上没人时挖出来的。"

我白了他一眼，心想：亏他想得出来，谁会莫名其妙地在操场上挖一个这么大的坑？除非脑子进水了！

我正要反驳他，忽然，身后传来一声狮子般的大吼："不去上课，都围在这里干什么？"

是师校长的声音！

我吓得全身哆嗦，周围的同学也骚动起来，结果惨剧发生——我被同学们挤到了坑里！

我摇摇头，从地上爬起来，心想：真是太倒霉了，早知道就不挤那么靠前了。

　　将大脚印围得水泄不通的同学们顿时作鸟兽散，朝各自的教室跑去。

　　师校长看见了大坑，气得鼻孔里喷出两股白烟，瞪着玻璃球似的眼睛说："是谁破坏公物，在操场上挖这么大一个坑？孙小空，是你干的吗？"

　　因为我过去常干一些超乎想象的事情，给师校长留下了深刻的印象，所以他记得我的名字。

　　我差点儿晕倒，心想：拜托，我又不是大力金刚，一个人能挖出这么大一个坑来？

　　没等我辩解，估计师校长也觉得我没这么大的本事，狠狠地瞪了我一眼，说道："还不快去上课！"

　　我艰难地从大坑里爬出来，飞快地朝教室跑去。这时，上课铃响了，操场上空无一人。我在心里埋怨：真是的，关键时刻，朱聪明也不拉我一把，自己先跑了，真不够朋友！以后不理他了！

窗外的怪兽

　　冲到教室门口时，李老师已经站在讲台上，监视着班上每一个同学早读。

　　看见我，李老师的脸色马上变得铁青，十二分严厉地说："孙小空，你怎么又迟到了？你就不能有哪一天不迟到吗？"

我小声嘀咕："很多时候我也没迟到啊，只不过我没迟到的时候您没注意到我。"

李老师大声说道："孙小空，你嘀咕些什么呢？大声一点！"

我辩解道："操场上出现了一个大脚印，很可能是怪兽或者外星人留下的……"

李老师不满地看了我一眼，吼道："闭嘴，子不语怪力乱神！再说了，操场上出现大脚印跟你迟到有什么关系？"

我振振有词："当然有关系啦，操场上出现大脚印，就会有很多人围观。有很多人围观，就会吸引我跑过去看看。我跑过去看看，就需要花时间……于是，我迟到了！"

全班哄堂大笑。

李老师眼睛一瞪，同学们安静下来。李老师摆摆手说："快回到座位上吧，不要耽误大家早读。"

啥？不会是太阳打西边出来了吧？今天怎么这么容易过关？

我朝自己的座位狂奔过去。

李老师说："孙小空，你迟到了，罚你今晚把早读课的课文抄五十遍！"

我的脑袋像霜打的茄子般耷拉下来，心想：我的天哪！他为什么不一次把话说完？害我好一阵窃喜！还有，抄五十遍课文，那不得把手抄断？

　　我拿出语文课本，装模作样、摇头晃脑地念起书来。念着念着，那个脚印出现在我的脑海里。我开始浮想联翩：天哪！什么样的怪物会留下这么大的脚印呢？不管什么生物，一般都长两只脚，这只怪物为什么只留下一个脚印？还有，那么大的怪物，岂不是一脚就能把教学楼踢烂？

　　我忍不住朝窗外看去，真是不看不知道，一看吓一跳，眼前的一幕让我惊呆了——窗外有一只怪兽，它长得很像霸王龙，浑身覆盖着银灰色的鳞片，至少有二十米高。此时，它将比一辆小轿车还大的脑袋朝我们的教室探了过来，它那和脸盆一样大的眼珠子闪烁着绿幽幽的光芒。它紧紧地盯着班上的同学，似乎在判断哪一个最可口。

　　眼看怪兽的头就要冲破窗户撞进来，我惊声尖叫道："当心哪！"

　　琅琅的读书声消失了，班上同学都愣愣地看着我，李老师的目光就像两把尖刀飞了过来。

　　我指了指窗外，支支吾吾地说："有……有怪兽！"

　　同学们都往窗外看，之后，我听见大家七嘴八舌地说：

　　"哪有怪兽？"

　　"孙小空就喜欢胡说八道！"

　　"要不然怎么叫幻想大王呢？"

　　……

我再次看了看窗外。咦？外面是晴天丽日，怪兽不见了！

可是，它刚才明明就在那里啊！

李老师气得满脸通红，大声吼道："孙小空，你迟到就算了，竟然还扰乱课堂！你知错吗？"

我百口莫辩，难道真的是我产生了幻觉吗？难道我真的该去看看心理医生？天哪！我该不会真的出现幻觉了吧？

李老师严厉地说："孙小空，你给我站到教室后面，好好反省一下。"

我乖乖地站到教室后面，低了一会儿头，忍不住又往窗外看了看。外面晴天丽日，什么都没有！

坐在最后一排的朱聪明趁李老师不注意，小声问道："小空，你没事吧？"

我叹了一口气，心想：我不但有事，而且看起来不是小事——我竟然能够看到别人看不到的事物。

卫生间里的妖怪

"当当当……"下课铃响了。

我回到了座位上，无精打采地趴在桌子上。昨天晚上的那场梦太真实了，我一晚上都没睡好。

白谷静走过来问我："孙小空，你怎么啦？"

我将昨晚做的梦向白谷静说了一遍。想起昨晚的梦境，我就来了精神，眉飞色舞地说："你不知道我多棒，我驾驶着一个超炫的高达，和破坏城市的三脚怪展开殊死搏斗……啊，对了，你也在，你和我一样，驾驶一个红色的高达，也棒极了，还救了我……"

白谷静打断了我的话，很严肃地说："孙小空，你还是少做点梦，多看点书吧，免得下次小测又不及格！"

白谷静真是的，哪壶不开提哪壶！

这时，左大龙走了过来，朝我竖起大拇指，说道："孙小空，你刚刚的表现太牛了，竟然敢公然扰乱李老师的课堂，你简直太让我意外了！"

左大龙是全校出了名的捣蛋鬼，他把我划入了他的阵营。

我没有故意扰乱课堂好不好？我比窦娥还冤！

我指指窗外，一本正经地说："我没有故意捣乱，我刚才真的看见窗外有一只怪兽，它的眼睛和脸盆一样大，对全班同学虎视眈眈"

左大龙愣了一下，随即哈哈大笑道："孙小空，你编故事的本领越来越高了，电影公司应该请你去写大片剧本！"

白谷静说："小空，不要再胡思乱想了！"

我很认真地说："白谷静，我们是不是好朋友？"

白谷静莫名其妙地看着我，点点头说："当然！"

"朋友之间是不是应该互相信任？"

"当然！"

"我没说假话，你要相信我！"

白谷静好半天没说话。

"我发誓我说的都是真的！"

"小空，你果然是想象力过剩，什么飞碟、怪兽，你一天到晚想这些，学习成绩怎么会好呢？"

哼，还说是好朋友呢，竟然这么不相信我！我气得一下子站起来，朝教室外面跑去。

白谷静在我身后喊道："小空，你听我说……"

我一溜烟跑到楼下，余怒未消。忽然，卫生间里传来一道凄厉的叫声："啊！有妖怪！"

是朱聪明的声音，发生什么事了？

我冲向卫生间，一脚踢开卫生间的门。这时，我看见朱聪明站在洗手池边，浑身颤抖，脸上写满惊恐。

我跑过去，握住了他的手。他吓得大叫一声："啊！"

我忙说："别怕，是我。聪明，你怎么啦？"

朱聪明失魂落魄地指着前方说道："有妖怪……"

什么？有妖怪？这家伙可是从来不信有妖怪的，每当别人讲鬼故事的时候，他都能随时奉上一个科学的解释。现在他竟然说有妖怪，这可真是太怪了！

我环顾四周，卫生间里只有我和朱聪明，周围空荡荡的。

我说："这里什么都没有啊！"

朱聪明心有余悸地说："刚才，我在洗手池边洗手的时候，看见一个小绿人从我前面飘了过去。我看见了！我真的看见了！"

我问道："你会不会看错了？"

朱聪明说："我也怀疑自己看错了，就伸手摸了它一下。它的皮肤冷冰冰、湿乎乎的，我的手刚一碰到它，它就消失不见了！"

朱聪明认真地看了看自己的手，一副不可思议的样子——朱聪明胆子小，难怪会被吓成这个样子。

怪兽在咆哮

我扶着朱聪明走出了卫生间。卫生间外面站了许多同学，他们可能都是被朱聪明的喊声吸引过来的。

大家七嘴八舌地问道："发生什么事了？"

朱聪明喃喃自语道："妖怪，有妖怪……"

大家听朱聪明这么说，吓得往后退了好几步。

李老师正好从附近经过，问道："你们围在这里干什么？"

朱聪明战战兢兢地说："卫生间里……有妖怪！"

李老师一把推开卫生间的门，把朱聪明推进去，说道："你跟大家说说，妖怪在哪里？"

朱聪明惊魂未定，指着窗户说道："刚才，它还在那里……后来就……飘走了！"

看热闹的学生们笑了起来，其中一个说道："今天不是愚人节吧？"

李老师吼道："无稽之谈！这个世界上根本没有妖怪！如果你再胡说八道，我就打电话让你的家长来！还不快回教室！"

李老师一吼，大家赶紧跑了。

我扶着朱聪明回了教室。朱聪明惊魂未定，不停地说着："妖怪，绿皮妖怪……"

正所谓"好事不出门，坏事传千里"，很快，朱聪明在卫生间里遇见妖怪的消息不胫而走，传遍了整个校园。并且，人们将早晨操场上出现大脚印和朱聪明遇到妖怪的事情联系在一起，大家都变得不安起来。

消息越传越玄乎，并且有鼻子有眼的，好像真有人看见怪兽和绿皮妖怪从操场后面那片可怕的竹林里跑出来。

接下来的一节课是数学课，我没有心思听讲，脑子里时不时冒出今天遇见的一件件怪事。

我有种不祥的预感，总觉得有什么大事要发生了！

"呜呜呜……"

一声声尖锐刺耳的叫声从竹林的方向传来，在学校上空飘荡，听起来颇像怪兽的叫声。

我捂住耳朵，天哪！这叫声太可怕了！

突然，我的前方出现一个阴影，抬头一看，是班主任唐婉老师。她正用那双漂亮的丹凤眼盯着我看呢！

我不解地看着她，心想她盯着我看什么。好一会儿，我才猛地反应过来：我这是在上课呢！

我赶紧把手放下来，唐婉老师气得满脸通红，问道："孙小空，你上课干吗捂着耳朵？难道我讲的课很差，让你不堪入耳？"

我脱口而出道："不是的……刚才我听见怪兽在叫！"

唐婉老师更生气了，她大声说道："什么？你说我讲课像怪兽叫？"

我连忙辩解道："不是不是……我是说……"

唐婉老师打断了我的话："闭嘴！孙小空，你真是越来越不像话了！明天让你的家长到学校来！"

我暗叫道：惨了！我最怕老师请家长！

下课后，朱聪明看着我，担忧地说："孙小空，你今天到底怎么了？是不是身体不舒服？如果身体不舒服，还是请假回家吧！"

我摇摇头说："我还好！倒是你，没事吧？"

朱聪明说："我没事……我想明白了，卫生间里发生的事情，一定是我的幻觉。世界上怎么会有妖怪呢？你知道的，人经常会产生一些幻觉……"

"可你说你摸过它啊！"我说。

朱聪明说："幻觉！都是幻觉！"

这家伙的变化够快的！

我可不相信今天发生的事情都是幻觉。可是，为什么有些事情我看到了，别人却看不到呢？我憋着一肚子的委屈，今天发生的事情到底是怎么回事？

我一定要解开所有的谜团，还自己一个清白！

音乐教室里有妖怪出没

第三节是音乐课。

音乐课是我最爱上的课——倒不是因为我多么喜欢音乐，而是因为音乐课从来没有小测、考试什么的，而且音乐老师既年轻又漂亮，还很温柔，只要她不让我上台唱歌，音乐课称得上完美无缺。

大家三三两两地结伴前往音乐教室上课。临近音乐教室，如同天籁般的钢琴声随风而至，我们还听见了音乐老师悦耳的歌声："让我们荡起双桨，小船儿推开波浪……"

朱聪明十二分崇拜地说："音乐老师的歌唱得真好，不输任何歌星！"

所有老师中，朱聪明最喜欢的也是音乐老师，理由和我一样。

同学们加快脚步走向音乐教室，忽然，钢琴声停了，歌声也戛然而止。

这时，走在最前面的一个同学目瞪口呆地看着音乐教室的门，突然，发出一声惊叫："天哪！"

其他人还没来得及问怎么回事，一道温柔动听的声音在我们背后响起："同学们好！"

所有人都愣住了，一副见了怪兽的模样。大家转头一看，天哪！竟然是音乐老师！

我的脑袋"嗡"的一声响：音乐老师刚才不是在教室里唱歌弹琴吗？她……她怎么会出现在我们身后？

我猜全班同学和我一样都在想着同样的问题。朱聪明指着音乐老师，结结巴巴地说："老师……你……你刚才不是在教室里唱歌吗？"

音乐老师一脸莫名其妙，说道："没有啊，我刚从办公室到这里来啊！"

刚才惊叫的同学大声说："教室的门是锁着的！"

空气刹那间变冷了，大家都忍不住打了个哆嗦，我猜所有同学都和我一样在想：刚才是谁在音乐教室里弹琴、唱歌？难道是……

尽管同学们都觉得音乐教室有妖怪，可是谁也不想把"妖怪"这个词说出来。

音乐老师疑惑地看了看大家惨白的脸，掏出钥匙开门，推门走了进去。

大家都很害怕，站在教室门口不敢进去——锁着的音乐教室里为什么会有钢琴声，而且能听见明明不在里面的音乐老师唱歌？这实在是太诡异了！

见同学们都站在教室门口不动，音乐老师朝大家招招手，说道："快进来啊！"

但是，我的心里毛毛的，甚至怀疑漂亮温柔的音乐老师是妖怪，音乐教室的门是未知世界的入口。

我心里产生一股拔腿逃跑的冲动。

没人敢进教室，我猜同学们的想法和我一样——谁愿意和妖怪一起上课啊？

我们正犹豫不决的时候，一道声音在我们的身后炸响："快上课了，你们不进去，愣在门口干什么？"

声音大得像打雷，我扭头一看，竟然又是师校长。奇怪，今天怎么走到哪里都能碰到他？

一个同学胆战心惊地说："报告师校长，音乐教室里有妖怪！"

师校长气得鼻子喷出了更多的白烟，稀疏的头发根根竖起。他怒吼道："胡说八道！这个借口太荒谬了！快去上课！"

　　大家被他吼得一愣一愣的。朱聪明说："可是，刚才教室里一个人都没有，却传出了钢琴声！"

　　我点点头，说："没错，还有音乐老师唱歌的声音，而她当时并不在教室里！"

　　其他同学都点头。

　　师校长指着教室的门，大声说道："快进去上课，太不像话了，你们竟然一起说谎！"

　　我委屈地说："我们没有说谎……"

　　师校长打断了我的话，吼道："闭嘴！谁敢不上课我马上处罚谁！还有，谁敢再散播谣言，就记过！"

　　所有人都噤若寒蝉，现在要是再敢说什么，或者敢不上课，后果很严重！尽管同学们都很害怕，但大家还是磨磨蹭蹭地走进了音乐教室。

　　这堂课，我估计没人听得进去。虽然天气已经变得很暖和了，但是，我感觉后背凉飕飕的，仿佛有个幽灵站在我的身后！

　　好不容易熬到了下课。下课铃声一响，音乐老师还没来得及宣布下课，大家就一溜烟跑光了。

课间操怪事

　　课间操的广播响了，我和同学们一起来到了大操场上。早晨那个巨大的脚印已经被填平了——我们学校的办事效率从来没这么高过，估计是大脚印引起了太多的恐慌和猜测，为了平息谣言，校长马上找人以最快的速度填平了它。

不过，大脚印虽然被填平了，大家心中的疑惑并没有消失。时不时地，有同学用恐惧的眼神朝钟楼的方向看去。

"大脚印真的是怪兽踩出来的？"

"难不成是你昨晚挖出来的？"

"怎么会只有一个脚印呢？难道它只长了一条腿？"

"钟楼里真的有怪兽吗？"

"太可怕了，怪兽会不会哪天跑出来吃人啊？"

……

同学们扎堆对着地上的新土议论纷纷，师校长拿着大喇叭在主席台上高声喊道："都给我回到自己班级的位置上去，开始做操！"

师校长的声音本来就响得像雷公，加上一个大喇叭，震得大家的耳朵"嗡嗡"响。

师校长平时在学校里还是很有威信的，大多数学生看到他就跟老鼠见了猫似的。不过，今天大家都被大脚印迷住了，因此，他说了跟没说一样，大家无动于衷，依然三三两两地讨论着。

师校长火冒三丈，大声吼道："都给我闭嘴！谁再说话，立刻留校察看！"

留校察看？后果很严重！大家吓得跑得像兔子一样快，回到了各自的位置。

广播体操的声音响起，大家开始做操。

我一边做操一边忍不住朝钟楼的方向看。今天的钟楼，在我看来格外阴森和恐怖。

我甩甩头，告诫自己："嗯，别胡思乱想，认真做操！"

不知不觉间，怪事又发生了：所有的同学，人间蒸发了，操场上空荡荡的，只有我一个人。

天哪！大家都跑到哪里去了？怎么可能一瞬间都不见了呢？发生什么事情了？难道他们都被外星人抓走了吗？

我的脑海中闪过无数的念头。我觉得异常恐慌，大声喊道："朱聪明，白谷静，你们在哪里啊？快出来！"

四周静悄悄的，一点儿声音都没有。

我在操场上走来走去，寻找他们。但是，我连个影子都没看到！

我走到了主席台上，拿起校长刚才用过的大喇叭，大声喊道："朱聪明、白谷静，你们快出来！"

但是，宽阔的操场上依然空无一人！

我突然有些害怕：天哪！消失的会不会不仅是我们学校的学生，而是全世界除我之外的所有人？

这一切让我毛骨悚然。这时，广播的声音再次在我耳边响起，所有的同学一瞬间又出现在了操场上，我呆若木鸡，愣在了主席台上——天哪！眼前的一切太让人吃惊了！

台下的人都愣愣地看着我，以及我手上的大喇叭。

天哪！这到底是怎么回事？

突然，我的头顶传来一声炸雷。

"孙小空，你到主席台上干什么？你干吗拿着那个大喇叭？"

我抬头一看，是校长！他正一脸铁青地看着我，超大的狮子鼻"呼哧呼哧"地喷着气。

校长叉着腰问道："你为什么跑到主席台上来？"

"刚才这里没有人……"

"你的意思是我不是人？"

"不是的，不是的，我是说……"

我就算长了八张嘴，也说不明白——刚才确确实实所有人都消失了！现在怎么又出现了呢？并且看起来什么事都没发生过！

难道因为我想象力太丰富，产生了幻觉？

我沮丧极了，心想：唉，难道我真的应该去看看心理医生？

校长说："你是哪个班的？不好好做操，却跑到主席台上来捣乱！我要给你记大过处分！"

我忙求情道："校长，事情不是这样的！你听我说……"

台下的同学都奇怪地看着我们。

校长训斥道："还不快回去做操！你们……继续做操，不要停下！"

我耷拉着脑袋走下了主席台，回到自己的位置。

朱聪明疑惑地问："孙小空，你到主席台上去干什么？"

我没好气地说："找人！找你们！"

朱聪明吓得倒退两步，好像要离我远一点。他大惊小怪地说："孙小空，你该不会真的疯了吧？我和白谷静一直在你身边，你却到主席台上找我们？"

随后，他又告诉我刚才的情形：我一边叫他和白谷静的名字，一边往主席台上走，他们想拉我，却来不及了。

同学们都用看疯子的眼光看我。我越想越害怕：难道这里真的被外星人控制了，众人皆醉我独醒？或者是我疯了？

神秘的声音

广播体操做完后，我回到教室里。

这一天，后来的几节课我一个字都没听进去。我隐约有种不祥的预感，有什么大事要发生了！

我想报警，可是我能怎么说呢？如果我告诉警察我预感到可能会有地震、火灾、海啸或者外星人入侵之类的灾难发生，提醒军队做好战斗准备，那我是不是会被以"散布谣言"的罪名被关进监狱，或者被当成疯子关进精神病院？

"当当当……"放学的铃声终于响了。

可能是因为白天学校里发生了太多怪事，一下课，同学们便飞一般离开了学校。

我背起书包，快步往学校外面走。突然，一道声音在我的耳边响起："快来！快到钟楼里来！"

我左右张望，所有人都行色匆匆，没有人跟我说话啊！

我捂住耳朵，古怪的声音再次在我的脑海中响起："快到钟楼里来！"

我气得大叫一声："闭嘴！别说了！"

周围的同学都停了下来，大家自动离我一米远，并对我指指点点："他是课间操时间突然跑上主席台的同学吧？听说他疯了……"

"他是四（2）班的同学，大名叫孙小空，他今天确实有点儿奇怪……"

"是不是学习压力太大，疯了？"

……

对同学们的议论，我习以为常。那个召唤我去钟楼的声音，又在我脑海中出现了几次。我开始相信那声音绝不是无缘无故在我脑海中响起的，我决定到钟楼一探究竟。

不过，现在学校人来人往，不是时候——要是让人看见我去学校三令五申不让去的钟楼，我会挨处分的，加上上午校长给我记的大过，我被开除都有可能。

我决定等夜深人静的时候，再进去看看——直觉告诉我，今天发生的一切，都跟钟楼有关！

不过，竹林和钟楼太阴森，白天去都让人害怕，更何况是晚上呢？

我有点儿想打退堂鼓，但是，好奇心最终战胜了恐惧，我无论如何，也要揭开谜底。不过，还是得有个人做伴壮壮胆。可是，找谁好呢？

我最好的朋友有两个：朱聪明和白谷静。白谷静练过武术，艺高人胆大。但她毕竟是个女孩子，这么冒险的事情不能找她！白谷静不行，那就只有找朱聪明了！可是，他的胆量太小了，看见老鼠都会害怕。"钟楼"这两个字，白天说说还行，要是晚上说，他肯定会闻"钟楼"色变！这么没有胆气的人，让他陪我夜探钟楼，岂不是天方夜谭？

然而，不找他又该找谁呢？

看来只有找他了！可是，我该怎么说服他，让他晚上和我一起去钟楼呢？

这时，我听见身后有人叫我，扭头一看，正是朱聪明！人家是说曹操，曹操到，我却是想朱聪明，朱聪明就到了！

看着胖乎乎的朱聪明"呼哧呼哧"地朝我跑来，我脑中突然灵光一闪，心想：有了！

我说："朱聪明，有人说你的胆子比女生的还小！"

朱聪明气得满脸通红，说道："谁……谁说的？这是污蔑！彻头彻尾的污蔑！"

我指着自己，笑嘻嘻地说："那个人远在天边，近在眼前——是我说的！这不是事实吗？"

朱聪明拍拍胸脯说："谁说我胆子小？我胆子大着呢！"

我怀疑地看着他，反问："是吗？"

"当然！"

"你敢不敢和我一起夜探钟楼？"

朱聪明中计了，顺口答道："当然！"

哈哈，这可真叫请将不如激将啊！

不过，他马上反应过来，战战兢兢地问："你……你刚才说什么？"

我一字一顿地说："夜探钟楼啊！"

朱聪明支支吾吾地说："这……这个……"

我瞟了他一眼，不屑地说："哼，我就知道你没这个胆子！"

"谁……谁说我没胆子了！"

"你同意了？太好了！晚上11点，学校后门见！"

朱聪明死鸭子嘴硬道："没问题，11点就11点吧！"

我暗暗得意，心想：哈哈，能让智商249的朱聪明上钩不容易啊，我的智商是不是有260？

一个声音喊道："你们有好事为什么不告诉我？我也要参加！"

幽灵电车

我和朱聪明转头一看，是白谷静。她正一脸兴奋地看着我们。

我摇摇头，说："不行，你不能参加！"

白谷静瞪了我一眼，问道："为什么？"

"因为你是女生！"

"我是女生怎么啦？你这是歧视，我可以告你！"

我好声好气地说："我没有歧视你，只是觉得太危险了！"

白谷静死皮赖脸地说："我不怕，反正我一定要参加！不然我就大声喊，说你们今晚要闯钟楼，让你们想去却去不成！"

我只好就范，说道："大姐，别嚷别嚷，凡事好商量，你想来就来吧！"

"这才像话！"

朱聪明小声嘀咕道："真是的，想去的不让去，不想去的却被逼着去！"

我装作没听到。就这样，我们约好了晚上11点钟，在学校的后门碰头，不见不散。

晚饭后，没等爸妈提醒，我就很自觉地到自己的房间里拿出作业本，写起了作业。

我一边做作业，一边听着客厅里的动静，还时不时地看表。

终于，爸爸和妈妈看完电视，回房间休息了。我等了一会儿，脱下鞋子，提在手上，蹑手蹑脚地走出卧室。

我心里不停地祈祷：千万不能被爸爸和妈妈发现了！

幸好上天保佑，我顺利地迈出家门，快速地朝附近的13路公交车站跑去。13路车是电车，并且是全市唯一的有轨电车——它和火车一样，在地面上有轨道，于20世纪三四十年代建成，算得上是还在被使用的文物！

过去，我从来没有在晚上坐过公交车，但是，我听同学们说过许多和夜班车有关的故事。尤其是13路车，和它有关的故事特别多，因此，这路全市独一无二的有轨电车，也被人们称为"妖怪电车"！

"叮当叮当……"

有轨电车晃晃悠悠地开了过来，停在我前方。我晃了晃头，试图把那些恐怖故事通通从大脑里甩出去。我不停地对自己说：故事都是假的，这个世界上怎么会有妖怪？

我强装镇定，上了电车，电车门在我身后"砰"的一声关上了。

我从口袋里摸出一枚一块钱硬币，扔进投币箱里，说道："去花果山小学！"

然后，我下意识地朝司机的位置看去。不看还好，一看吓一跳——司机的座位上没有人，这辆车不但是无人驾驶，而且连乘客都没有！

以前听过的故事一个接一个地蹦进了我的脑海里，让我毛骨悚然，我心想：天哪！难道它真的是"妖怪电车"？

我转身想要下车，但电车已经开动了，并且速度非常快——有轨电车不是开得比别的车子都慢吗？这车怎么开得这么快，跟火箭似的？

我担心起来：天哪！它是不是专门运送妖怪的电车？会不会把我带到妖怪洞里去？

我不禁打了个寒噤，再次往四下里看。这时，我隐隐约约看见了座位上的一些人影——他们穿着不同的衣服，不过，竟然都没有头，也没有手！

天哪！13路车果然是"妖怪电车"！

我闭上了眼睛，坐在座位上瑟瑟发抖，不停地喃喃自语：有没有人救救我，我还不想被妖怪抓走！

过了一会儿，我睁开了双眼，大着胆子去看车上的乘客。这时，我发现他们都长着脑袋和手。我长舒一口气，心想：可能因为是晚上，光线太暗，我没看清楚。

但是，当再看他们一眼时，我不禁又有想要大叫的冲动：那些人虽然长了头，但都面无表情，跟妖怪似的！

我的心剧烈地跳动起来。

不知过了多久，终于到了下一站，车还没停稳，我就朝车门走去。这时，我听见司机用轻飘飘的声音说道："花果山小学还没到！"

我扭头一看，发现这辆车不再是无人驾驶——驾驶座上坐着一名司机，不过，和普通司机不一样的是，他的脸上竟然长了四只眼睛！

我的心差点儿从胸膛里跳出来——我不敢再看他，也不敢违背他的意志，乖乖地回到座位上。

我心想：难道不到站点，就不能下车吗？如果我一定要下车，会怎么样呢？

不过，我还是没有勇气下车。

车子又经过了几个站点，陆陆续续有人上车、下车，不过，每个人看上去都像妖怪，动作僵硬，面无表情。唯一让我欣慰的是，他们可能以为我是和他们一样的人（或妖怪），因此，没有把我怎么样。

终于，到学校那一站了。

我小心翼翼地向车门走去，司机这回没有拦我。车门打开时，我冲到了车下。

夜晚清新的空气扑面而来，我大口大口地呼吸着，暗自庆幸：太好了，我没有变成怪兽！

有轨电车叮叮当当地远去了。

我回头一看，身后既没有人，也没有妖怪，我安全了！

我长长地舒了一口气，突然，我感到身后有人抓住了我的衣服。我使劲挣扎，吓得大叫道："救命啊——放开我，快放开我！"

翻墙记

"小空，你怎么了？"

身后传来白谷静的声音。

原来不是别人！我长舒了一口气，觉得白谷静的声音从来没这么动听过！

"白谷静，人吓人吓死人！你知不知道啊？"我转过头去，没好气地说。

"可我什么都没做！你怎么吓成这样？"白谷静一脸无辜地说。

我向白谷静讲了"妖怪电车"的事。我原以为白谷静会吓得惊声尖叫，全身发抖。但是，她不但不怕，反而兴致勃勃地问："真的吗？快带我去看看！"

我说："早就开走了！"

"妖怪电车"，我不想再碰到它了！

我低头看表，11点10分了！我挠着头说："咦，朱聪明怎么还没来？他会不会临阵脱逃了？嗯，十有八九是这样，谁让他的胆子小呢！"

"孙小空，你说清楚，谁胆子小了？刚才是谁跟见了妖怪似的？"朱聪明的声音突然从我身后冒了出来。

我不服气地说："哼，要是你上了'妖怪电车'，早就吓晕过去了！"

朱聪明说："才怪，我胆子大着呢！"

我和朱聪明你一言我一语地吵了起来。白谷静赏了我们一人一个栗暴，又嚷嚷道："闭嘴，我们半夜三更到这来，是为了吵架吗？"

我这才想起此行目的，说道："走，到钟楼去看看！"

朱聪明却发愁地说："我们怎么进去呢？都这个时间了，学校门早就关了！要不然，我们回家吧……"

我十二分鄙夷地看了他一眼，还没出声，白谷静就替我说了："既然来了，就不能半途而废！"

她的脸上洋溢着兴奋，好像不是要去让人心惊胆战的钟楼，而是去好玩的迪士尼乐园。不过也难怪，白谷静练过武术，艺高人胆大，真要动起手来，我们班的男生全加起来都不是她的对手。

朱聪明指着学校的围墙，说："我们怎么进去呢？"

我左右看了一下，说道："为今之计，只有爬墙！"

朱聪明瞪眼说："爬墙？这么高，怎么爬？"

白谷静没搭话，她轻轻一跃，两只手就抓住了围墙的顶部，然后，她像猿猴一样敏捷灵活，三下两下就爬上了墙头，把我和朱聪明两个大男生看傻了眼！

白谷静趴在墙头上，朝我们伸出一只手，说道："我拉你们上来！"

朱聪明握住白谷静的手，双脚十分笨拙地踩着墙上的小坑，但是，他踩了两下，还没怎么样，脚就往下滑，差点儿把白谷静从墙头拉下来。

白谷静骂道："朱聪明，你怎么这么重，平时少吃点行不行啊？"

朱聪明的脸涨得通红，想要反驳却又不知道该说什么。

我想了想，说道："这样不行，朱聪明，你蹲下来，我踩着你的肩膀先上去，然后我和白谷静一起把你拉上去！"

朱聪明撇撇嘴说："为什么不是你蹲下来，让我踩着你的肩膀上去呢？"

我打量了他一下，说道："你这么重，我在下面，你还不得把我压扁？"

朱聪明气愤地瞪了我一眼，最后还是无奈地蹲了下去。

我以朱聪明的肩膀为阶梯往墙上爬，可是，我还没抓到白谷静的手，朱聪明就像三条腿的凳子摇晃起来，我一个趔趄，摔了个四脚朝天。

我没好气地说："朱聪明，你就不能不动吗？"

朱聪明说："谁让你那么重？"

白谷静说："好了，你们别吵啦，快点！"

朱聪明又蹲了下去，我的脚刚踩到他的肩膀上，他就哇哇大叫道："好痛啊！"

我忙说："你给我稳住！"

我眼疾手快地抓住白谷静的手，她将我一把拉上了围墙。

轮到朱聪明时，我和白谷静一人扯着他的一只手，费了九牛二虎之力，才把他拉上来——我觉得手快要断了！

朱聪明站在墙头，大惊小怪地喊："天哪！没有梯子我们怎么下去呀？"

学校有妖怪

白谷静像小燕子一样轻巧地跳到草地上，说道："就这样跳下来！下面是草地，不疼的。别磨蹭了，快下来，亏你们还是男子汉呢！"

我被白谷静这么一激，马上从墙上跳下去，谁知草地像铁皮一样硬，我的脚差点儿崴到。

朱聪明像堆烂泥趴在墙头上，不管我和白谷静说什么，他都不肯往下跳。

我们正着急呢，忽然，脚步声从远处传来。

我的神经顿时绷紧了，心想：这么晚了，校园里怎么会有脚步声？难道学校真的有妖怪？

我催促道："朱聪明，快点！有人来了，不不不，妖怪来了！"

朱聪明吓得脸色惨白，哆哆嗦嗦地问道："妖怪，妖怪在哪里？"

我灵机一动，指了指他的身后，吓唬他："就在你身后！"

朱聪明听我这么说，吓得"哇"地大叫一声，从墙上蹦了下来，接着发出一声尖叫："哎哟！我的脚好疼！"

脚步声越来越近，我们三人面面相觑。我喃喃自语道："难道……真的是妖怪？"

白谷静靠在我身上，紧紧地捏住我的手臂——别看她平时胆子挺大，但听到有妖怪还是挺害怕的。

朱聪明则吓得说不出话来了。

白谷静战战兢兢地问："怎……怎么办？"

我强装镇定，环顾四周，看见了一片花丛，我拉着他们俩躲到那花丛后面，小声说："嘘，别出声，小心让妖怪发现了！"

脚步声越来越近，我的心提到了嗓子眼。一束白光朝花丛射了过来，我们三个人缩成一团，屏住了呼吸。

一个苍老的声音响起："奇怪，刚才明明听到这里有声音呀！"

我松了口气——原来是看门的老大爷！

朱聪明叹道："原来不是妖怪……"

听他的口气，仿佛很遗憾。

白谷静忙捂住他的嘴，但还是晚了一步。

透过花丛的缝隙，可以看见老大爷正朝我们这边走过来。

我暗叫不好：糟糕，要是让他发现我们半夜翻墙进校园，该怎么解释呢？要是被师校长知道了非把我们开除不可！

怎么办？

我灵机一动，学了声猫叫："喵！"

接着，又朝邻近的花丛扔了块小石头。

老大爷手中电筒的光马上转移了方向，他朝那片花丛走去。

"原来是只猫！"他喃喃自语道。

但是，他在花丛里找了半天，也没找到猫，就离开了。

"吓死我了！"朱聪明一屁股坐在地上，拍着胸口说道。

我和白谷静紧绷的神经也松弛下来。

"快到钟楼来！快到钟楼来！"神秘的声音，再次在我脑海中响起。

我瞪眼看着我的两个好朋友，问道："你们有没有听到什么声音？"

白谷静顿时紧张起来，问道："什么声音？"

我说："我听见有个声音让我到钟楼去！"

朱聪明恐惧地说："幻觉！一定是幻觉！"

我摇摇头说："不是幻觉！我们走！"

朱聪明后退了一步，说道："走？去哪里？"

我理所当然地说："去钟楼啊！"

朱聪明的头摇得跟拨浪鼓似的，说道："不去，打死我也不去！我还没活够呢！"

他已经被吓坏了。

我问白谷静："静子，你怎么样？"

白谷静又来了兴致，说道："既然都来了，就一定要进去看看！没准那里真的有妖怪，我们正好来一出现实版的'擒妖记'！"

朱聪明恳求道："我们还是回家吧！"

我灵机一动，说道："要不然你在这里等我们，我们进去！"

朱聪明环顾四周。周围树木影影绰绰，每一棵树的树干后面，仿佛都藏着一只妖怪。

朱聪明害怕地说："我还是跟你们走吧！一个人待着，怪吓人的！"

疯转的大钟

借着明亮的月光，我们三人快步朝钟楼的方向走去。

沙沙沙，沙沙沙，沙沙沙……

风吹林梢的声音像耳语，在四面八方响起，我的心像被刺的海星一样，收紧了！

朱聪明紧紧地握住我的手——不用看，我敢肯定我的手已经青一块紫一块了。

他紧张地问："这是什么声音啊？"

我深吸一口气，说道："别怕，是风声！"

我们三人挨在一起，互相打气，慢慢地朝钟楼挺进。虽然心里很害怕，但谁都没有退缩——我们都不想被另外两个看成胆小鬼。

一步一挪，我们来到了钟楼外面的铁栏杆前。前方的竹林被月光洗得惨白惨白的，而被树藤裹住的钟楼比白天看起来还诡异，仿佛一只大怪兽，随时都会扑过来把我们吃了。

朱聪明讪讪地说："我们……真的要进去吗？"

我两腿直哆嗦，咽了下口水，说道："这……"

我正犹豫不决时，脑海中又响起了那个声音："快到钟楼来！快……"

我抬头看向钟楼，突然觉得钟楼充满魔力，那种魔力可以让我排除一切困难和恐惧，到里面去一探究竟。

我不再害怕了。可是，我该如何穿过严严实实的铁栏杆，进到里面呢？突然，一个弯曲的铁栏杆映入我的眼帘——咦，那个铁栏杆什么时候弄弯的，我以前来的时候，怎么没有发现？

我朝那铁栏杆跑去，正好从它弯曲的地方钻了进去。然后，我一头钻进竹林里，像风一样奔向钟楼。

朱聪明和白谷静不停地喊我的名字，我想停下来，但我的双脚不听使唤。

竹林平时看起来很小，但跑起来才发现大得没边。跑到钟楼前，我累得气喘吁吁，两条腿都要断了。

过了一会儿，白谷静和朱聪明才追上来。

朱聪明上气不接下气地问道："孙小空，你急什么，干吗跑那么快？"

我正要回答，"当当当……"钟楼的钟响了，并且，一气敲了十三下——钟楼的钟早就坏了，至少打我上学以来，我从来没听到钟楼的钟敲响过。

这还不算，钟声响时，钟生锈的指针竟然以惊人的速度转动起来——我从来没见过哪个钟的指针转得这么快！

我脑海中只有一个念头：钟楼的钟出问题了！

我紧紧地攥住白谷静和朱聪明的手，暗自庆幸：幸好我把这两人忽悠来了，不然我真的会被吓晕过去！

白谷静和朱聪明也看见了飞速转动的钟，朱聪明害怕地说："太诡异了，我们回家吧！"

我摇摇头，说："不行，我又听见了那个神秘的声音。我必须弄清楚怎么回事再走。"

我是个好奇心很强的人，不管什么事，我都喜欢打破砂锅问到底。

朱聪明环顾四周，说道："可是……"

我说："你们走吧，我留下来！"

我这么说绝不是逞英雄，只是不想再拉着好朋友去冒险。

朱聪明听我这么说，立刻挺起胸膛，拍拍我的肩膀，说道："好兄弟，讲义气！我们怎么能让你一个人进去呢？"

白谷静点点头，说："没错，走吧！"

白谷静一马当先，冲进钟楼。朱聪明不甘落后，跟了上去。望着他们的背影，我感动极了：虽然我们三个平时打打闹闹，我随便说一句话，他们都会找碴挖苦我，但是到了关键时刻，他们比谁都支持我！

我忙跟上。当我们推开钟楼沉重的铁门，进入伸手不见五指的大厅时，我不禁后悔起来——唉，我怎么忘带手电筒了！

正不知怎么办时，一束金灿灿的亮光出现了——朱聪明摁亮了手电筒。

朱聪明看了我和白谷静一眼，说道："真受不了你们，晚上出门，竟然不带手电筒！"

我和白谷静脸红了。别看朱聪明胖，他却是我们三人中最细心的。

手电筒的光芒照出地上一片厚厚的尘土——一看就知道好久没有人来过了。

朱聪明声音打战地说："听说钟楼里有妖……妖怪？"

白谷静马上给了他一个栗暴，说道："朱聪明，快跟上！"

我们找到了钟楼的楼梯——那是一个漂亮的、螺旋式的楼梯，不过，已经相当古旧了。

我们踩着厚厚的灰尘拾级而上。楼梯很长，当到达顶楼时，我们三人都累得不管地板脏不脏，一屁股坐在地上，不动了。

白谷静往墙上一靠，说道："累死我了！"

话音未落，坐在她对面的我看见她身后的墙突然裂开来，她吓得马上蹦了起来，连声说："怎么回事？怎么回事？"

外星小绿人

朱聪明用手电筒一照，我们都看见裂开的墙后面有一扇门。看起来就像电梯的门簇新簇新的，在手电筒光的照射下闪闪发光。制造它的金属，似乎是钢铁，但质地像黄金，并且十分柔软——应当是一种我从来没有见过的金属。

朱聪明看得眼睛都直了，说道："不不不，这不可能！"

钟楼建于一百多年前，一百多年前的钟楼，怎么会有这么崭新、先进的电梯呢？

我们三人手拉着手，强装镇定。

我用手在电梯上摸索着，想找到开关，但是，摸了半天，什么都没有摸到。就在我泄气时，电梯门忽然开了，一尘不染、散发着柔和光芒的电梯开间映入我们的眼帘。

白谷静说："好美啊！要是我们教学楼的电梯有这么漂亮就好了！"

我和朱聪明对视了一眼，我心想：真受不了，白谷静这个时候还有心情欣赏电梯漂不漂亮！

朱聪明问："要不要进去？"

我咬咬牙，说道："都到这里了，当然要进去！"

我快步走进电梯，朱聪明和白谷静跟了上来。电梯的门自动关上了，并又快又稳地往下降……

一分钟、两分钟……五分钟……

电梯不停地往下降，一点都没有停下来的意思。

天哪！它会降到哪里？电梯井是无底深渊吗？它不会降到地底去吧？

朱聪明喃喃自语地说："不可能，按照它下降的速度乘以时间测算，我们现在已经到地下一千米处了！"

什么？我们到地下一千米处了？地心离地面有多少米？我们是不是到地心了？我们的周围是不是沸腾着岩浆？电梯门要是敞开的话，沸腾的岩浆是不是会涌进来？听朱聪明说，岩浆的温度非常高，不要说我们是血肉之躯，就是钢铁也会瞬间变成气体！

我的脑海中闪烁着可怕的景象。忽然，电梯门开了，没有岩浆，只有一间巨大的、明亮的、摆满各种机器设备的房间。

这是什么地方？秘密科学实验室？地下军事基地？还是外星人的飞船？

我突然感到后悔，俗话说好奇心害死猫。我的好奇心不但害了我自己，还把两个好朋友拉下水。如果这真是一个凶险之地，我们中谁有个三长两短，那我一定会终生自责！

科学小笔记

地心

地球由地壳、地幔、地核三部分组成。地核，也就是地心，是指地球的中心部分。地球内部越接近地心，温度越高，地心点的温度据科学家推测为6000℃。地核的密度很大，即使最坚硬的金刚石，在这里也会被压得像黄油那样软。

我正胡思乱想，突然，听见朱聪明大声喊道："你们快看那里！"

我定睛一瞧，看见了一个只有一米多高的小绿人。它长得很像E.T.，大脑袋、小身子、啤酒肚，两只手上都只有四根指头。此时，它正躺在地上，昏迷不醒。

朱聪明惊讶地说："瞧，它就是我在厕所里碰到的小绿人，原来不是幻觉！"

小绿人？

白谷静也很震惊，大声说道："原来真的有小绿人！这不是在拍科幻电影吧？天哪！我做梦都想不到会有这种事！"

我的心中划过一丝疑惑：难道我们真的到了外星飞碟上？小绿人为什么会晕倒在地？是它在我脑中制造了声音，把我吸引过来的吗？它这样做究竟是为了什么？还有，飞碟不是应该在天上飞吗？它为什么会在地下？

看着晕倒在地的小绿人，朱聪明突然冲了过去，将它的手反剪到后面，问道："喂！你们俩有谁带了绳子？"

我问："要绳子干什么？"

朱聪明说："我要把它绑起来，带给老师和同学们看看，让大家都知道我确实遇见了绿色的妖怪，没有说谎！"

白谷静则眼睛一亮，说道："哈哈，我们发财了！"

白谷静是个小财迷，一说到钱，她就两眼发光。

不过，小绿人和发财有什么关系？

白谷静见我一副疑惑的样子，解释道："俗话说，物以稀为贵。这个小绿人世界上绝无仅有，自然很值钱。我们把它抓起来，带到世界各地去展览。你想想，光是卖门票，就可以让我们数钱数到手抽筋。"

朱聪明附和道："哈哈，没错，这笔钱正好给我当精神损失费！全世界那么多人在找外星人，找了多少年都没找到！哈哈，外星人竟然自己撞到我们枪口上了。白谷静，你说我们一张票收多少钱好呢？十块，还是二十块？"

白谷静马上说："二十块？现在物价上涨得那么快，二十块哪够？至少一百块……"

……

两人热火朝天地合计着怎么用小绿人去赚一桶金，我十二分无语。突然，小绿人的眼睛睁开了——它的眼睛好大啊，睁开后至少占据了脸蛋的三分之二的面积，而且放射着绿幽幽的光芒，直勾勾地盯着我们。

我们三人惊呆了！

怪物醒了

我被外星人看得心里直发毛，不禁后退了几步。

朱聪明和白谷静也躲到了我的身后。朱聪明小声说："白谷静，它应该没听到我们刚说的话吧？"

白谷静说："真后悔刚才得意忘形，没有先下手为强！"

我的脑海里则出现了一幕幕以前在科幻小说里看到的情形：被洗脑？被生吞活剥？被用来做活体解剖实验？……

小绿人突然坐了起来，叽里咕噜地说了几句话，但不知道它说的是外星语还是地球语，反正我一个字都没听懂。

不过，它的说话，让我从震惊中回过神来。我朝两个好朋友喊道："快跑！"

我们三人飞快地朝电梯跑去。

但是奇怪了，不管我们怎么跑，都跑不到电梯那儿！

我扭头一看，发现我们被三道光给抓住了——的确是"抓"，因为每道光都像钩子，钩住了我们的衣领，让我们想跑也跑不了！而那三道光的源头，竟然是小绿人一只手上的三根指头，它们分别从那三根指头上射出来，钩住了我们！

白谷静呼道："看，它的指尖像樱桃，好可爱！"

现在我们连命都快没了，她竟然还关心这事儿！

不过，它的指尖的确很像樱桃，蛮好玩的。

打住打住，现在不应该关注它的指头，而应该想想怎么逃跑。咦，不知道飞碟里有没有能剪断它指头射出的光芒的剪刀？要是有就好了！

不等我想出办法来，小绿人像玩提线木偶，将手指一收，我们三人的身体腾空而起，飞了起来，又四脚朝天地摔到它的身旁。

朱聪明小声说："小空，你说，它会怎么对付我们？"

这我怎么知道？

小绿人的脸朝我凑了过来，我吓得浑身发抖，哀求道："求求你，放……放了我们吧！不要入侵我的大脑！"

朱聪明说："也不要把我们吃掉！"

小绿人又叽里咕噜地不知道说了些什么。

朱聪明说："我们会替您保密的，在这里看到了外星人的事，打死我也不说！"

哪壶不开提哪壶！难道朱聪明不知道世界上只有一种人能够真正保守秘密吗？那就是不能说话的人！

我问："你是谁？来到地球干什么？想侵略我们吗？告诉你，别做梦了，我们一定会打败你们的，就算我们三个倒下了，还有千千万万个地球人站起来和你们战斗……"

小绿人又是一阵叽里咕噜、呜里哇啦、稀里呼噜的，说了一堆我一句都听不懂的话。

我一脸迷茫地看着它。

突然，小绿人用中文说道："地球人的想法真逗！"

谢天谢地，它终于说地球话了。

小绿人说："我的思维最近有点儿混乱，要找到你们能听懂的语言，可真不容易！"

我说："你为什么把我们抓到这里来？"

小绿人摸摸头，很无辜地说："抓你们？我没有啊。"

是啊！我们是自投罗网！我们怎么会这么傻呢？不对不对，不是自投罗网，是我头脑里的声音把我引诱来的。

我马上改口："你把我们骗到这里来干什么？"

小绿人吃力地站了起来，挥挥手说："跟我来！"

然后它领头往和电梯门相反的方向走去。

我寻思着如果我们逃跑，有多大可能逃脱。最后，我得出的结论是概率为零，因为小绿人太厉害了！

我们只好乖乖地跟在它的屁股后面。

小绿人把我们引到墙边一个有足球那么大的小洞前，指着小洞对我们说："把手伸进去。"

洞内黑漆漆的，不知道有什么。我担心地想：把手伸进去，我的手是不是会消失？

我后退了两步，白谷静和朱聪明也面面相觑，犹豫不决。

小绿人焦虑地说："快，没时间了！"

朱聪明说："这个洞是不是狗洞？不，怪物洞——就是你们星球养的宠物，它要是把我的手给咬掉了怎么办？"

听朱聪明这么一说，我更害怕了，心想：不行，我不能没有手！

小绿人不耐烦地催促道："快点！难道要让我动手吗？"

糟糕，软的不行，它想来硬的，这可怎么办？

超时空秘宝

我吓得浑身发抖，但最后还是鼓足了勇气，对小绿人说道："让我把手放进去没问题……不过你得答应我，先放他们两人走！"

朱聪明和白谷静异口同声地喊道："孙小空……"

我挥挥手，说道："不要拒绝，要不是因为我，你们怎么会到这里来？"

小绿人用两只电灯泡似的大眼睛盯着我。我心中一阵恶寒：现在的情形是人为刀俎，我为鱼肉，小绿人想怎么样，我们就得怎么样！

我哀求道："放了他们吧，他们是无辜的！"

小绿人理都不想理我，只是面无表情地重复着两个字："快点！"

我将右手伸向那个可怕的小洞，但不等伸进去，我就连忙缩了回来——右手更有用，如果必须失去一只手，那还是左手吧！

小绿人不满地看着我，我连忙解释："我换……换只手！"

我别过脸，咬紧牙关，把手伸入洞中。

"啪！"一声脆响，有个东西像手铐一样扣在我的手腕上，紧紧的。接着，一道道电流通过它传遍我的全身，我通体酥麻。过了一会儿，电流消失了，我把手缩了回来，看见手腕上多了一只水晶护腕，戴在手上冰冰凉。

我心想：这是什么？小绿人想用它来控制我吗？

小绿人的脑袋转向朱聪明和白谷静。它面无表情地说："轮到你们了！"

朱聪明后退几步，害怕地说："我不……"

但最后，在小绿人严厉目光的注视下，他还是把手伸进了洞中，之后，他发出一声惨叫："啊！"

当他把手收回来时，手腕上多了一个和我一样的水晶护腕。

小绿人的目光转向白谷静："该你了！"

白谷静不像我和朱聪明那样畏缩，她勇敢地把手伸进黑洞里。我和朱聪明用崇拜的眼神看着她。我心想：白谷静真是女中豪杰！

"啪！"脆响过后，白谷静把手缩了回来，她的手腕上也多了一个水晶护腕。

事已至此，已经没什么好怕的！

我对小绿人说："你要干什么？如果你想控制我们，让我们当叛徒，帮助你侵略地球，我可以告诉你，门儿都没有！"

朱聪明和白谷静都点头："没错！"

小绿人说："你的想象力太丰富了！我有说过要侵略地

球吗？"

我说："那你是谁？从哪里来？今天的事情是不是都是你搞的鬼？这是哪里？外星人在地球的基地吗？你的飞船怎么会在钟楼下面？除了你还有别的外星人吗？"

小绿人说："你的问题怎么那么多，我的头都晕了……"

我说："那就一个一个回答我！先说说你是谁吧。"

小绿人答："我是时光守护者，也就是你们传说中的时间老人。"

我们三个大跌眼镜——小时候，我们都看过和时间老人有关的童话，我们想象中的时间老人应当是一位长须飘飘、知识渊博、手持时光金钥匙的智者，怎么会是它这副丑样子呢？

小绿人似乎看出了我们的疑惑，说道："我们种族的人，都长得跟我差不多。我的使命，就是守卫放置于你们这个时空的超时空秘宝。"

超时空秘宝？听起来很神秘，好像是什么宝贝！

我问："什么是超时空秘宝？"

小绿人说："超时空秘宝是放置于不同时空结点、保持不同时空稳定的宝物……"

"等等，时空结点又是什么？"我又问。

小绿人说："宇宙是由许多相似但不完全相同的时空构成的，在你们这个宇宙之外，还有无数个宇宙。不同宇宙之间的触点，就是时空结点。由于每一个宇宙都拥有巨大的时空能量，如果时空结点不稳定，或者消失，不同的宇宙就会互相碰撞，其威力比地球和火星相撞大一兆倍（一兆等于一万亿），并最终导致宇宙灭亡，即你们所说的世界末日。这就好比你们地球人盖房子，必须有地基，地基不稳，房子就会倒塌。超时空秘宝相当于地基，其作用在于保证不同宇宙的运转稳定，让它们互不相交、互不碰撞……"

朱聪明问："地球的时空结点在哪里？"

小绿人答："就在你们学校的钟楼下面，也就是这里！"

什么？我们学校的钟楼竟然是地球的时空结点，这太让人吃惊和意外了！

真相大白

"早在地球上的恐龙时代之前，我们就在这里建立了基地，时刻守护超时空秘宝。"小绿人说道。

朱聪明两眼发光地说："原来这里是一个时空基地。超时空秘宝在哪里，能拿出来让我们看看吗？这么珍贵的东西，一定很值钱！"

白谷静的眼中也闪烁着好奇的目光，她迫不及待地说："是啊！一定价值连城！"

小绿人说："何止价值连城，用整个宇宙和它换，都换不来。不过，它被盗了！"

"什么？被盗了？"我们三个异口同声地说道。

小绿人点点头说："是的，它被我的同伴，时光种族的一个男孩，即时间之子，偷走了。"

我问："基地里的时空守护者不止一个？"

小绿人说："是的。伟大的时间之母盖娅，在几十亿年前，就孕育出两大时间种族，一种是像我们这样的时光矮人族，另一种是长相和地球人非常相似的时光人族。在宇宙不计其数的时间结点上，都有两名时空守护者守卫着超时空秘宝，他们分别由时光矮人和时光人共同构成。我和时间之子共同守卫这个时空结点的基地已经好几亿年，但是今天早晨，他忽然把我打伤，并盗走了超时空秘宝，导致了时空的混乱。而觊觎超时空秘宝已久的特拉星球人，也在今天早晨到达了地球。孙小空，你早上看到的飞碟，是真实的……"

我看了一眼朱聪明，得意地说："瞧，我没说谎吧，早上确实出现过飞碟！"

朱聪明疑惑地说："那为什么我们都没看见呢？"

小绿人说："不，你们都看见了。只不过特拉星人对地球人进行了洗脑，把大家目睹飞碟的那段记忆给清洗掉了。"

朱聪明指着我，不服气地说："那为什么孙小空的记忆没被清洗掉？"

小绿人说："孙小空对清洗记忆具有天然的免疫力。不过，他为什么有免疫力，我就不清楚了。"

"学校操场上的大脚印是怎么回事？"我问。

小绿人说："那些脚印，是特拉星的三脚机器怪兽留下的。"

我忐忑不安地想，一个脚印就那么大，那三脚机器怪兽的身体该多么庞大啊！

白谷静问："音乐教室为什么会突然响起音乐和歌声？"

小绿人说："超时空秘宝丢失后，时空发生了短暂的错乱——上午的时空，与上星期上课时的时空重叠了，你们听见的，其实是上星期上课时，音乐教室传出来的声音！"

我叹了一口气，说道："原来如此，我们还以为有妖怪呢！那做操的时候，明明大家都在操场上，我怎么会看不到人呢？"

小绿人说："因为时空错乱，除你之外的其他人被转移到了另一个宇宙的时空中，所以你看不到人。后来他们又出现，是因为他们又被转移回来了。"

我好奇地问："怪兽的吼声又是怎么回事？"

小绿人说："你们听见的是侏罗纪时代恐龙的叫声——也是因为时空错乱！"

朱聪明愤愤不平地说："我在厕所里遇见的人是你吗？

你为什么要吓我？长得奇怪就算了，出来吓人就是你的不对了！"

　　小绿人说："本来我要找的是孙小空，却让你赶上了。我还来不及解释，你就用尖叫声把别人引了过来。我只好临时逃跑了！"

　　我问："找我？找我有什么事？"

　　小绿人说："我对未来有预感。我已经预感到你是一个能够找回超时空秘宝，拯救地球，拯救宇宙的人！孙小空，请你和你的两位朋友一起，赶在特拉星人之前找到时间之子，劝说他把超时空秘宝还回来。不然，后果不堪设想！"

　　我说："可我们只是普通的小学生，靠我们三个，怎么可能打败外星人呢？这也太夸张了吧？"

　　小绿人说："你们手上戴的水晶护腕，能够让你们拥有超能力，比如隐身、飞翔、飞檐走壁、增大力量、调动高达为你们战斗……不过每种功能只能用一次。另外，它还能帮助你们寻找超时空秘宝，如果超时空秘宝在离它十公里范围内，它就会报警……一切拜托了！"

　　小绿人说完，就倒在地上，绿色的身体像融化在了空气中，渐渐地变淡，最后消失了。

父母不认识我了

我难以置信地揉了揉眼睛，心想：我不是在做梦吧？

突然，我听见朱聪明大叫一声："哎哟！白谷静，你为什么掐我？"

白谷静说："会痛，说明不是梦！"

原来白谷静也怀疑自己在做梦，不过她掐的不是自己，而是朱聪明。我看了看朱聪明，同情地想：唉，可怜的孩子。

朱聪明问："现在怎么办？"

白谷静说："你问我我问谁？半夜三更的，有什么事明天再说吧！我快困死了！"

不说还不觉得，被她这一说，我也觉得自己站着都能睡着。

我们离开了钟楼。当我们走了一段路，回头看破旧的钟楼时，我心中油然生出一种恍惚感，要不是因为我手腕上还戴着水晶护腕，我真怀疑钟楼电梯、基地和小绿人都是假的，刚才的事情没有发生过。

来到学校的围墙下，白谷静三下两下就爬上了墙头，我和朱聪明仰头哀叹。

白谷静催促道："快上来呀！和刚才一样！"

朱聪明说．"小绿人不是说水晶护腕能让人飞檐走壁吗？我试试看！"

说着，他在水晶护腕上按了几下。立刻，他的手指长出了蹼，手掌变得跟吸盘似的。朱聪明吓了一大跳，讷讷地说："我的手……怎么啦？"

白谷静说："别啰唆了，快点爬。"

朱聪明双手往墙上一放，马上像壁虎一样，吸在了墙上，接着，他如履平地一般，三下两下地爬了上去。

朱聪明连声惊叹："真是太神奇了！我竟然能爬上这么高的围墙，我成武林高手了！"

我翻了个白眼，心想：要不是有水晶护腕，你连武林低手都当不成！

看到朱聪明都能轻易翻墙，我突然也有按水晶护腕按钮的冲动。白谷静说："小空，你忘了吗？小绿人说过，水晶护腕的每项功能都只能使用一次！你还是节约一点，我和朱聪明拉你上来吧！"

我点点头，找了几块砖垫脚，然后，被白谷静和朱聪明拉上了墙头。我们三个在校门口告别后，13路电车咣当咣当地开过来了。

想到我的手上戴着水晶护腕，我一点都不害怕，昂首挺胸地上了车。说来也怪，这回，13路电车上的司机和乘客都没有任何异常。

到家了，我用钥匙打开门，蹑手蹑脚地往我的房间走。

忽然，一个举着拖把的黑影朝我冲过来，大声吼道："小偷，让你尝尝我的厉害！"

是爸爸的声音——糟糕，我被爸爸当成贼了！

我一边躲一边喊："爸爸，别打别打，我是孙小空！"

一把扫帚飞了过来，扫把的柄正好击中我的额头。我大叫一声，这时，客厅里的灯光突然大亮。

我松了口气，心想：这么晚出门，免不了要被爸爸妈妈骂一顿，不过，总比被当成贼挨打好得多。

"爸爸妈妈，我……"我想向他们解释，但是，我的话还没说完，妈妈就捡起扫把打我："谁是你的爸爸妈妈？你竟敢冒充我儿子，我打死你！"

我一边躲闪妈妈的扫把，一边说："妈妈，我知道错了，我以后再也不敢半夜三更出门了！"

妈妈的扫把总算停了下来。她看着我说："胡说八道，我哪有儿子？"

我傻眼了，心想：这是怎么回事？

这时，一个和我差不多大的女孩从我的房间里走了出来。她揉着眼睛问道："怎么这么吵啊？"

妈妈摸着小女孩的头，说："小空，把你吵醒啦？"

我吃惊地问："她也叫孙小空？"

女孩看着我，问道："你不会也叫孙小空吧？你是谁？到我们家来干什么？"

我说："我是……"

天哪！如果她是孙小空，那我是谁？

我哑口无言，不知道该说什么。

爸爸说："宝贝，你快去睡觉吧！明天还要上学呢！"

小女孩好奇地看着我，最后，一步三回头地打量我，回房间睡觉去了。

看到我的房间被一个不认识的女孩占据了，而爸爸和妈妈还这么呵护她，我气坏了，大声喊道："爸爸妈妈，我才是孙小空，我是你们的儿子啊！你们不认识我了吗？"

爸爸和妈妈用异样的眼神看着我，我听见他们小声议论："难道他不是贼，是个精神出问题的孩子？"

"打电话报警吧！"

听说他们要报警，我赶紧溜出了家门。

无家可归

我独自在大街上游荡着，失魂落魄，不知该往哪里去。

我想到了朱聪明和白谷静，不知道他们现在怎么样了。他们会不会和我一样，回到家时，发现家里有另外一个自己？

我在一个公用电话亭投了币，给朱聪明打电话——我想让他收留我一晚上，明天再说。

但是，电话响了半天都没人接。我嘀咕道："这个朱聪明，睡起来就像头猪，电话响了这么久都没听见！算了，我还是给白谷静打电话吧！"

我又拨打白谷静家的电话，电话响了两声，我就听见白谷静的妈妈轻轻说了声"喂"。

"阿姨你好，我找白谷静。"我很有礼貌地说。我打的主意是到白谷静家客厅的沙发上对付一晚上。

但我猛地想到一个问题：白谷静该不会变成男孩了吧？

白谷静的妈妈问："你是谁？为什么这么晚给我女儿打电话？"

我松了一口气，还好，白谷静没有变成男的！

我说："阿姨，我是孙小空，白谷静的好朋友，我有重要的事情找她。"

白谷静的妈妈说："胡说，我认识孙小空，她是个女孩子！你冒充她有什么目的？请不要再骚扰我女儿！"

说完，她"嘭"的一声，把电话给挂了。

我叹了一口气，心想："看来今晚我只能露宿街头了！"

我从来没有晚上不睡、一个人在外面游荡的经历。困倦像潮水一样涌来，要将我吞没。我四处寻找能睡觉的地方。唉，我总不能真的睡在大马路上吧？

我想起电影里流浪汉们都是在公园的长椅上过夜的。对，好歹找一个能躺的地方！

我来到家附近的小公园里。这个公园没有围墙，二十四小时开放。

我在一棵大槐树下找到了一张长椅，就像看见了心爱的床，扑了过去，躺在上面。折腾了一晚上，我累坏了，迷迷糊糊地睡着了。

不知睡了多久，我的眼前出现一片白花花的亮光。咦，是天亮了吗？

我睁开眼睛一看，原来是两道手电筒的光束射在了我的脸上。我下意识地用手遮住了眼睛。我的耳边传来一个和蔼的声音："小朋友，你怎么这么晚了还不回家？"

我放开手，定睛一看，是两名民警。

我不知道该怎么回答他们。我不是不回家，而是无家可归！

一名民警说："小朋友，你是不是离家出走了？你家住哪里？我们送你回去吧！"

我"哇"的一声哭了起来："我没有家了！"

两名民警小声议论道："怎么办？"

"先把他带回派出所，查查他的资料！"

......

派出所？我才不去派出所呢！万一他们把我关起来怎么办？

我撒腿就跑，两名民警追了上来，大声喊道："站住！"

眼看他们就要追上我了，我想起了水晶护腕。我一边跑一边按水晶护腕上的按钮。水晶屏幕上显示许多功能。就在他们要抓到我的一瞬间，我按下了"飞毛腿"的按钮，我立刻像火箭一样冲了出去，把他们甩出了十万八千里。

逃脱民警的追捕后，我停了下来，在胡同里找了个偏僻的角落坐下来，歪在墙角，又睡着了。

第二天早晨，我醒了，睁开眼，发现阳光比平时明亮了许多。我抬头看天空，竟然看见了两个太阳！

我惊呼道："天上怎么会有两个太阳？"

周围的人都用看外星人的眼神看着我，大家对我指指点点："这家伙是不是从精神病院里偷跑出来的？"

"自古以来，天上都是两个太阳！这有什么稀奇的？"

"报警，快报警！"

我落荒而逃，冲出胡同，来到大街上。

这时，眼前的景象让我目瞪口呆：天上有一些蝴蝶似的飞行器，街上的车辆没有车轮，全部像蜈蚣一样，用很多条腿飞快地爬行着——遇到前面的车辆走得慢了，它们会高高地站立起来，从前面车辆的顶上爬过去。另外，街道两边的建筑也都是奇形怪状的，有的像圆球，有的像棒棒糖，有的是倒三角形，还有的是菱形……

路上行走的人倒是和平时没两样，他们步履匆匆，对一切都习以为常，仿佛车辆和建筑本来就应该是这个样子的。

为什么大家都没发现，一夜之间城市发生了巨大的变化？

但是，我隐隐有些担心：会不会不正常的人是我，而不是大家？我觉得周围不正常，是因为我的脑子出了毛病？

我决定先找到朱聪明和白谷静，问问他们是怎么回事。

两个白谷静

我一路飞奔，冲进学校，冲到教室里。还没到上课时间，不过已经有同学来了。我坐到自己的位置上，教室里的同学都围了上来，好奇地看着我。

一个同学问我："你是谁？到我们班来干什么？"

我吃了一惊，问道："你们不认识我吗？"

另外一个同学疑惑地说："你是电影明星吗？看你的样子也不像啊，电影明星不是长得帅，就是长得很有特点。而你其貌不扬，我们怎么会认识你呢？"

糟糕，学校也出问题了！

我灵机一动，说道："大家好，我是新来的转校生，叫孙小空。"

同学们哈哈大笑。一个同学说："我们班也有一个孙小空，不过，她是个女生。"

难道，这个班上的孙小空，就是昨天在我家、住在我房间里的那个女孩？十有八九是这样！这究竟是怎么回事？

我心里正难过，突然，我看见了一个熟悉的身影——白谷静！

我冲过去，握住她的手，激动地说："太好了，你终于来了！"

白谷静却吓得后退了几步，用陌生的眼神看着我，大声喊道："你是谁？想干什么？"

连白谷静都不认识我了！我不禁感到一阵绝望。

我大叫道："我是孙小空……你的好朋友孙小空啊！"

白谷静说："今天不是愚人节吧？孙小空是女孩子啊！"

我放开了她的手，正不知如何是好，这时，又一个白谷静走了进来。同学们一阵惊呼。

先进来的白谷静，看见后进来的白谷静，一脸不高兴地说："你是谁？昨天晚上，你干吗到我家里来冒充我，说你是白谷静？今天又跟踪我到学校……你再骚扰我，我就打电话报警了！"

我明白了，后进来的白谷静才是我的好朋友！

同学们议论纷纷——

"她们俩不仅外表一模一样，连名字都一样。"

"这也太科幻了吧？"

"她们是双胞胎姐妹吗？还是有谁是白谷静的克隆人？"

……

后进来的白谷静见到我，就像见到了亲人。她跑过来，拉着我的手冲出教室，来到操场上。她很认真地问道："孙小空，见到你太好了。你不会说不认识我的，对不对？"

我笑着说："我当然认识你，你是我的好朋友白谷静！"

随后，我们俩交流了一下昨晚的经历。白谷静和我一样倒霉——她回到家后，在房间里遇见了跟她一模一样的女孩。白谷静吓坏了，那女孩也惊声尖叫。白谷静的爸爸妈妈闻声从他们的房间出来。他们问白谷静是谁，白谷静说自己是他们的女儿，结果，她被当成疯子赶出了家门。白谷静先后给我和朱聪明打电话。但是，电话打到我家，接电话的竟然是个女生，并声称自己就是孙小空。

她把电话挂了，又给朱聪明打，却没人接。白谷静也在街上游荡了一个晚上，路上还遇见了几个流氓，幸好她会武功，把流氓们教训了一通才没出事。第二天早晨，她和我一样，到学校里来找我。之后，就发生了刚才那一幕。

我把自己的遭遇告诉了白谷静。白谷静疑惑地说："怎么会这样？"

我说："我也不清楚。不知道朱聪明现在在哪里。他看过很多奇奇怪怪的科学书，这事得问他！"

白谷静说："嗯，朱聪明那么聪明，一定也会想到到学校来找我们的。我们在这里等他。"

这时，吵吵嚷嚷的声音传来，我扭头一看，发现朱聪明正在跟一个又高又帅的男生吵架。

我们忙过去看怎么回事，听周围的人说了几句，我们明白了：原来那帅哥也叫朱聪明！他不愿意跟小胖子朱聪明同名同姓，两人就吵了起来。

我们走过去，将小胖子朱聪明拉到了一边。朱聪明紧紧握住我和白谷静的手说："太好了，孙小空，白谷静，你们没有消失！"

我和白谷静面面相觑，白谷静说："我们怎么会消失呢？"

朱聪明说："这个世界不是我们原来的世界，而是异次元宇宙——小绿人说的不同宇宙交叉和碰撞的事情正在发生。"

我疑惑地说："什么意思？我没听懂！"

小绿人说的时候我其实也是似懂非懂。

朱聪明说："我们生活的宇宙是多元的，在我们所处的宇宙之外，还有无数个与我们的宇宙相似，但不相同的宇宙。记住，是相似，但不相同。"

我恍然大悟："难怪这个世界上有两个太阳。车辆和建筑物也是怪怪的！"

朱聪明说："不仅是这些，人也有差异。比如这个世界上的你是个女孩子，白谷静还有一个拷贝，至于我，在这个世界是不存在的！或者说是从来没有出生过！"

"疯了，这个世界整个疯了！"白谷静觉得有些难以忍受，大声嚷嚷道。

"不，其实是因为我们三人从我们的世界掉到了这个世界，所以才会发生这一系列的事情。"朱聪明说。

"现在怎么办？"白谷静问道。她好像就要哭出来了。

我想了想，说道："当务之急，是要想办法找到小绿人说的时间之子和被他盗走的超时空秘宝！"

白谷静看了看我，又看了看朱聪明，犹豫道："靠我们三人，真的能拯救世界吗？"

我坚定地说："当然行，不然小绿人就不会找我们了！"

白谷静说："可是，我们上哪儿去找时间之子呢？"

白谷静指着天空说道："小空，快看！"

科学小笔记

异次元宇宙

"异次元空间"一词，最早是由爱因斯坦提出的，在爱因斯坦的理论中，时间和空间的交界处是一个很特别的区域，被称作异次元空间。后来有一些学者认为，异次元空间就是平行宇宙的出入口。据科学家解释，异次元宇宙就是与人类世界相邻的一个平行宇宙，在这个宇宙中可能会存在人类从未见过的神奇生物，或许会有外星人和变异的人种。

我抬头一看，天哪！和昨天早晨一样，天空变成了血红色，一只大到能遮住大半个天空的飞碟悬浮在半空中。

我说："除非我们能飞，要不然我们就死定了！"

白谷静说："水晶护腕有飞翔的功能！"

我们三人从水晶护腕里调出飞翔功能，按下按钮。立刻，我们像羽毛一样飘了起来，飞到了半空中，越飞越高。

大战三脚怪

看着越来越小的学校，我觉得酷极了——我做梦都没想到，我竟然能像鸟一样在天上飞。

朱聪明却吓得哇哇大叫："天哪！我们怎么降落呀？我恐高，头晕目眩……我要晕倒了。"

白谷静冲他喊道："朱聪明，冷静，不要往下看！控制好方向！"

朱聪明让白谷静这么一喊，倒是镇定了许多。

我们被风吹着，离学校越来越远。一开始，我们三个控制不好方向，像断线的风筝一样摇摇晃晃的。高空风大，我们被风吹得东倒西歪。

突然，我们发现，风正把我们刮向一栋摩天大楼。

朱聪明吓得大声喊道："救命啊！"

千钧一发之际，白谷静找到了控制方向的办法。她在我和朱聪明即将撞向高楼的一瞬间，拉住了我们。随后，她又告诉我们控制方向的方法，我们终于掌握了要领，飞得越来越自如，并越飞越高。

就在我们想着要不要飞进天空中的飞碟里去寻找超时空秘宝时，突然，巨大的飞碟迸射出耀眼的光芒，之后，它的底部射出一束巨大的白色光，数以千计的红色机器怪兽顺着那束光，飘然降落到地面上。

那些怪兽，正是我在梦境中看到过的，有二三十层楼高的三脚机器怪兽！

它们落地后，就分散开来，肆无忌惮地施虐：它们用巨大的手臂横扫大大小小的建筑物，那些建筑物立刻像积木做的一样坍塌了。

它们每向前走一步，地上就出现一个巨大的坑，地面上的车站、垃圾桶、灯柱、电线杆……都被压扁了。

它们一只手上拿的炮管里，射出一道道激光，高架桥、高楼、树木……瞬间变成气体。

街上的人们尖叫着四处逃窜。三脚机器怪兽紧追不舍，一些来不及跑的人，被怪兽踩扁了。

整个城市乱成了一锅粥。

全城的警察都出动了。警察们朝三脚怪开枪，但是，三脚怪刀枪不入，子弹伤不了它们。

上百架战斗机轰鸣着从远方飞过来。不计其数的导弹从战斗机里射出，像雨点般朝机器怪兽倾泻而下。

为了避免被导弹误伤，我们在半空中十分狼狈地左躲右闪着。

"轰隆隆……"导弹在地上炸成了一朵朵花，一些三脚怪兽被击中，外壳被炸开来，露出里面的导线。

不过，它们没死，反而被激怒了。它们高高地举起手臂，将一束束激光射向人类的战斗机。许多战斗机被激光射中，立刻爆炸了，火焰四溅，碎片四射。

未被击中的战斗机将更多的导弹倾泻向三脚怪兽。

战斗如火如荼地进行着，我们三人在激光与导弹之间穿梭，险象环生。

我大声说道："赶快降落，不然我们就死定了！"

我们三人一边躲避激光和导弹，一边降落。

当我们费了九牛二虎之力降落到地面上时，一只三脚怪兽被导弹击中，大叫一声，后退了一步，巨大的脚掌向我们踩了过来。危急时刻，白谷静用力推了我们一把，我和朱聪明横飞出去，趴在地上。当我们回头看时，三脚怪兽的巨大脚掌已经落地，白谷静不见了！

天哪！白谷静不会被怪兽踩扁了吧？

"不！"我和朱聪明大声喊道。

我恨死自己了，要不是我们笨手笨脚，白谷静就不会出事！

朱聪明哭喊道："白谷静，你不能出事啊！我以后一定会好好锻炼身体，跑得比兔子还快，不会再连累你……"

白谷静从怪兽脚掌的另一端冒了出来，调皮地说："朱聪明，你说话可要算话呀！"

我和朱聪明激动极了。我说："白谷静，你没事！太好了！"

白谷静说："你们俩都好好的，我怎么会有事呢？"

朱聪明说："现在怎么办？三脚怪兽太厉害了！"

我说："我们得尽快找到时间之子。三脚怪也是冲着超时空秘宝来的。小绿人说过，如果超时空秘宝落入特拉星人手中，整个宇宙将陷入巨大的浩劫之中！"

朱聪明说："可是我们上哪去寻找时光之子呢？"

白谷静说："小绿人说过，水晶护腕可以用来寻找超时空秘宝。如果超时空秘宝在距我们十公里之内的地方，它就会报警。可它到现在都没响，说明超时空秘宝不在附近，我们到别的地方找找看。"

朱聪明说："世界这么大，他要是成心躲起来，我们要找到他，比大海捞针还难。"

白谷静瞪了朱聪明一眼，说："别啰唆了，就算是大海捞针也要找。"

我们三人沿着城市的要道一边躲避三脚怪兽的袭击，一边寻找超时空秘宝。

三脚怪兽在城市里横冲直撞，人类的防御被瓦解，整个城市落入了特拉星人的掌控之中。

我们三个都知道，只有找到超时空秘宝，才有机会打败三脚怪兽、打败外星人。如果让特拉星人得到超时空秘宝，那么，陷入危机的将不只是地球，而是整个宇宙，不，是无数个宇宙！

我们心急如焚：城市那么大，我们一点儿线索都没有，上哪去找超时空秘宝呢？

特拉星女王

当我们来到城市中心广场的时候，白谷静突然指着天空中的飞碟喊道："你们快看！"

我们朝白谷静所指的方向看去，只见飞碟的底部，变成了一个巨大的屏幕，屏幕上出现了一个美丽绝伦的身影。她有一头漂亮的金发，眼睛像蓝色的水晶，肌肤雪白。和地球人不同的是，她长着一对长长的、尖尖的兔耳朵，肩上还有一对雪白的翅膀。她头戴一顶金灿灿的王冠，气质高贵优雅。

广场一片寂静，人家都被她的美丽震撼了。

朱聪明喃喃自语："天哪！她比天使还美丽！"

我心想：难不成你还见过天使？不过，我确实没见过比她更美丽的人。不过她是谁呢？

　　只听她用十分悦耳的声音说道："我是特拉星球的女王芭芭拉！"

　　三脚怪兽齐声喊道："女王万岁，女王万岁！万岁！万岁！万万岁！"

　　我们三人面面相觑：她就是野心勃勃，妄图称霸宇宙、掌控时间的特拉星女王？这样的坏蛋，怎么会有如此美丽的容貌？她应该面目可憎才对啊！

　　女王的身后出现一个小男孩的照片。他穿着深红色长袍，头发金黄，跟我们差不多年纪，相貌英俊，像是一位小王子。

　　特拉星女王说："他是时间之子。如果你们看到他，要马上把他抓起来送给我！"

　　原来，那就是时间之子！他被女王通缉了！

　　之后，屏幕上出现了我们三人的照片。

　　特拉星女王接着说道："发现这三个人，就地消灭！"

　　听特拉星女王那轻描淡写的口气，杀死我们就像踩死三只蚂蚁。

　　白谷静小声说："我们也被通缉了！"

　　朱聪明说："这可怎么办？要是被三脚怪兽发现，我们就死定了！"

　　我的眼珠骨碌碌转了两圈，突然，我灵机一动，说道：

"有办法了，乔装打扮！电影里不是经常这么演吗？"

我们趁大家不注意，溜进一家商场。这家商场的墙壁、天花板和玻璃橱窗，都被三脚怪兽破坏得不成样子了，商场里的服务员也早就逃跑了。

我们在商场里找了些衣物换上：白谷静戴了一顶帽子，换上了小男生的衣服，把自己打扮成假小子；我找了个孙悟空的面具戴上；朱聪明鼻子上装了个红鼻头，还戴了一个假头套，跟马戏团里的小丑似的，十分滑稽。

朱聪明紧张地说："怎么样？看得出来吗？"

我说："就算你父母在这里，也认不出你来！"

白谷静说："尽管我们三人乔装打扮了，但是以防万一，我们还是要尽量避开三脚怪兽，小心为妙。"

我和朱聪明点点头。这座城市有一半已经变成了废墟，我们三人在废墟中深一脚浅一脚地走着，时刻留意着附近的三脚怪兽。

另外，我们也时刻关注着水晶护腕，盼望它能响起。但是，水晶护腕一点儿动静都没有，我们忧心如焚。

朱聪明说："这玩意儿是不是坏了，感知不到超时空秘宝的存在？"

正说着，水晶护腕"嘀嘀嘀"地响了起来，并且迸射出幽蓝色的光芒。

我们三人兴奋极了，异口同声地喊道："超时空秘宝！"

我们三人朝着水晶护腕指示的方向走去。当我们离超时空秘宝越来越近时，水晶护腕却停止了报警，也不再闪光了。

我失望地说："它怎么消失了？"

白谷静说："我记得小绿人说过，时光种族的人具有预知未来的能力，时间之子会不会是预感到我们会到这里来，提前溜了？"

朱聪明气急败坏地说："他为什么要躲着我们？他偷了超时空秘宝，给大家带来了这么大的麻烦，还敢躲着我们？他到底想干什么？"

我也非常气愤："要是找到他，我绝对不轻饶！"

白谷静说："你们冷静一点儿，我们继续找！"

我撇撇嘴说："他有预知能力，我们怎么找得到他！"

白谷静说："找不到也得找！"

我们三个继续寻找超时空秘宝。过了一会儿，水晶护腕再次"嘀嘀嘀"地响了起来。

可是，等我们赶到时，超时空秘宝又神秘地消失了。

像这样反复折腾了几次，我们都快要绝望了。

驾驶高达去战斗

"嘀嘀嘀……"

水晶护腕再次响了起来。我和朱聪明都有一种将被再次捉弄的感觉，没反应。

白谷静催促道："你们两个，动作快儿一点！"

朱聪明泄气地说："算了，找了也是白找！"

我说："时间之子能预知未来，我们玩不过他。"

白谷静踢了我们一人一脚，大声说道："就算只有一线希望，我们也得试试！难道你们想在这个莫名其妙的世界生活下去吗？难道你们愿意眼睁睁地看着宇宙崩溃吗？"

朱聪明打了个寒战，说："不，我不愿意！"

白谷静的话也说服了我。

我们快步赶往水晶护腕所指示的地方。让我们高兴的是，这一次，超时空秘宝还在原地，没有消失。

当我们离目标越来越近时，看见离我们不远的地方躺着一个男孩。那男孩昏迷不醒，被十几只三脚怪兽围着。

我惊呼道："时间之子！"

那男孩身穿红袍，一头金发，面目和我之前在飞碟的大屏幕上看到的　模　样。

白谷静说："如果他是时间之子，那超时空秘宝一定在他身上喽！"

　　朱聪明恍然大悟："难怪这次他没有带着超时空秘宝逃跑，原来是被三脚怪兽打晕了。三脚怪兽虽然是我们的敌人，但这回帮了我们大忙。哈哈，这可真叫'踏破铁鞋无觅处，得来全不费工夫'！"

　　白谷静说："少废话，快把他救出来！"

　　朱聪明发愁地说："可我们怎么能打败三脚怪兽呢？"

　　我也有同感——一只三脚怪兽就可以把我们踢到九霄云外，或者压扁。而现在，竟然有十几只！

　　这时，一阵大风刮来，白谷静的帽子、朱聪明的假发都被吹掉了，我的面具也从脸上脱落。

　　糟糕，我们暴露了！就在我们打算掩饰一下的时候，一只三脚怪兽发现了我们，大声说道："老大，女王通缉的那三个小家伙在那儿！"

　　领头的三脚怪兽扭过头来，冷酷地说："杀了他们！"

　　朱聪明说："快跑！"

　　但是，三脚怪兽已经将我们团团包围了。领头的三脚怪兽将时间之子提了起来，对我们说道："就凭你们几个，也敢跟女王作对，真是不自量力！干掉他们！"

　　说完，它就带着时间之子离开了。

　　三脚怪兽们本来可以射出一道激光，把我们通通变成气体；或者一脚将我们踩死。但是，就像猫抓着了老鼠，不会一下子把它吃掉，还会逗它玩一会儿，这几只三脚怪兽也是想耍弄我们，没有马上送我们上西天，而是抬起巨大的脚掌，慢慢地向我们踩了过来。

白谷静小声说："装害怕，拖延时间！"

我和朱聪明心照不宣地点点头，然后，装作惶恐的样子，发出撕心裂肺的尖叫声。

三脚怪兽们听到我们的尖叫声，哈哈大笑——这些家伙果然喜欢看我们恐惧的样子！而我们也利用这个空当，一边装模作样地喊着，一边研究水晶护腕。

突然，我想起了之前经常做的那个梦：驾驶高达和三脚怪兽作战。对啊！小绿人好像说过水晶护腕可以调出高达来帮助我们作战，我们为什么不用这一功能自救呢？

终于，三脚怪兽玩腻了，我们的尖叫声不再令它们觉得好玩，它们那巨大的脚掌，飞快地朝我们踩了下来。也就在这时，我从水晶护腕里找到了调用高达的功能，并按下了按钮。

"砰"的一声巨响，那只想把我们踩扁的三脚怪兽突然被掀翻在地，而我发现自己坐在一台巨大的、有二三十层楼高的高达里面。

我兴奋地喊道："朱聪明、白谷静，快把高达的功能调出来！"

我的声音通过高达的传声器传了出去，白谷静和朱聪明都是冰雪聪明的人，他们马上也像我一样，用水晶护腕调出了高达，并坐到了里面。

就这样，天地间多出了三个银光闪闪、顶天立地的高达。

三脚怪兽们都很吃惊，后退了几步。

我和朱聪明以前都玩过驾驶高达的电子游戏，白谷静虽然不怎么玩游戏，但是，没吃过猪肉，也见过猪跑，她经常跟我们在一起，多少了解一些高达电子游戏的操作方法。

更妙的是，高达驾驶室里的控制键盘，跟电子游戏里的一模一样。于是，我们三个很快通过按键盘上的按键，调出了跟《星球大战》里一模一样的光剑。

三脚怪兽弄明白了情况，摆出了进攻阵势，向我们三个扑了过来。我挥舞手中的光剑，一剑就把一只三脚怪兽的腿给削断了一条，又把一只三脚怪兽的脑袋给砍了下来。

白谷静和朱聪明也和我一样如鱼得水，打得三脚怪兽们落花流水。

就在我们得意的时候，突然，我的耳机里传来白谷静的喊声："小空，当心！"

话音未落，一束激光从三脚怪兽的炮管里冲出，朝我的方向射了过来……

隐身小侠

我躲闪不及，高达的一只巨大的机器手臂被激光击中，冒出一股黑烟，我也感到手臂一阵疼痛，差点儿握不住光剑。

又一道激光朝我的高达的心脏袭来，我想躲闪却来不及了。危急时刻，说时迟，那时快，一个红色的高达飞奔过来，把我推到一边，躲过了那道激光——是白谷静驾驶的高达救了我！我梦境中的一幕变成了现实！

我们三人越战越勇，把三脚怪兽们打得落荒而逃。我正要追赶，忽然眼前一黑。当我睁开眼睛的时候，发现高达不见了，我侧卧在刚才因为与三脚怪兽打斗造成的一片废墟中。

白谷静和朱聪明也跟我一样，一趴一仰，躺在地上。

高达为什么消失了？我们三人面面相觑。

朱聪明说："可能是因为高达消耗的能量太大，所以支撑不了多久。"

我说："操纵高达战斗太爽了，可惜每种功能只能使用一次。"

白谷静说："幸好把三脚怪兽打跑了，不然我们就惨了。"

"轰隆隆——"

忽然，地面再次震颤起来，远处尘土飞扬，隐约可见几十只三脚怪兽朝我们跑过来。

白谷静说："三脚怪兽又来了！我们现在变不出高达了，怎么办？"

朱聪明说："三十六计，走为上计，快跑吧！"

我说："来不及了，你们跟我来！"

我带着他们躲进废墟里，又让他们屏住呼吸。

不一会儿，那群三脚怪兽赶到了。一只三脚怪兽气急败坏地喊道："可恶，让他们逃跑了！你们分成四个小组，从东南西北四个方向给我追，我就不信找不到他们！"

三脚怪兽们朝四个方向散开来，很快，废墟里又只剩下我们三人了。

我们三人都松了一口气，朱聪明拍拍我的肩膀，夸奖道："孙小空，你真聪明！你怎么会想到他们不会在原地搜索我们呢？"

我说："俗话说，最危险的地方最安全。他们一定没想到我们会躲在原地不走。"

白谷静说："时间之子和超时空秘宝被他们带走了，我们得想办法找回来！"

"可是，我们上哪儿去找呢？"朱聪明问。

我想了想，指着头顶上的飞碟说："特拉星女王很可能在飞碟里，抓走了时间之子的三脚怪兽，一定会把他交给女王的。要见女王，就要进入飞碟。因此，我们进到飞碟里去寻找最靠谱！"

朱聪明和白谷静都同意我的分析。

朱聪明说："可是，飞碟在天上，我们在地上，我们不会飞了，怎么进去呢？"

我望着天空中的飞碟，心想：唉，为什么水晶护腕上的功能只能使用一次？早知如此，多跟小绿人要几个水晶护腕好了！

我们正无计可施的时候，朱聪明突然指着飞碟说："你们快看。"

我和白谷静顺着他手指的方向看去，只见飞碟底部射出一道白光，许多三脚怪兽被吸进了飞碟里，也有许多三脚怪兽被放到地面上。

我灵机一动，说道："三脚怪兽是通过那束白光进出飞碟的，我们也可以通过白光进到飞碟里面去。"

白谷静说："可我们是女王通缉的人，刚才那些三脚怪兽还在找我们呢！我们一露面，不就自投罗网了吗？"

说得对哦，我们怎么才能既进入飞碟，又不被他们发现呢？唉，如果我们会隐身就好了。

对了，隐身！我记得小绿人说过水晶护腕能帮我们隐身。

我按动水晶护腕的功能键，果然找到了隐身功能。我把我的发现告诉了朱聪明和白谷静，然后，我们让自己隐身，朝飞碟射出的白光跑去。

当我们跑到飞碟下面时，周围有数不清的三脚怪兽在白光中起起落落。

我始终小心翼翼，以免因为隐身，三脚怪兽看不见我，被它们踩扁——那可真叫冤啊！

忽然，水晶护腕像蟋蟀叫似的"嘀嘀嘀"地响了起来。糟糕，水晶护腕感应到了超时空秘宝的存在，发出了声音。

三脚怪兽被惊动了，纷纷朝我们这边看了过来。我们赶紧关掉水晶护腕探知超时空秘宝的功能。

因为我们隐身了，三脚怪兽们没发现什么异常，不再管我们。我们三人松了一口气。

在白光的照射下，我们的身体变得像鹅毛一样轻飘飘的，朝天空中的飞碟飞去。

勇闯飞碟

我们进到飞碟里面时，发现飞碟内部大得像一座城市，它通体由我们所不知道的金属构成，闪烁着柔和的、金黄色的光芒。它有许多层，层与层之间由透明的电梯相连。每一层都有很多的街道、轨道和隧道，四通八达，跟迷宫似的。

飞碟里，除了巨大的三角怪，还有许多身高和长相与地球人酷似，但长着兔耳朵的特拉星人，他们相貌英俊或靓丽，穿着制服，步履匆匆——要不是知道这是飞碟，我们可能会以为自己进入了一栋豪华的写字楼里。

"小空、白谷静，我们怎么才能找到时间之子？"朱聪明的声音传来——因为我们彼此看不见，所以只能听见声音。为了避免走散，我们一直手拉着手。

本来，我们可以通过水晶护腕找到超时空秘宝，但是，现在水晶护腕也隐形了，我们不方便使用它。并且，万一它再发出"嘀嘀嘀"的响声，那我们一定会被发现，那可真叫自投罗网了！

我们正一筹莫展的时候，两个特拉星人的对话传入我们耳中："这下鲁奇要升官了，听说他的机器人带回了女王一直在寻找的时空之子。"

"说不定我们也要升官了——女王让我们去看看时间之子醒了没有。要是醒了，女王将亲自去见他，说不定，女王一高兴，也会赏我们个官当当！"

哈哈，这可真叫"踏破铁鞋无觅处，得来全不费工夫"，我们三个互相耳语了一番，决定跟着他们。

我们跟着两个特拉星人七弯八拐，还坐了几回电梯，最后，来到了一艘船舱。我们看见时间之子躺在一张铁床上，仍然昏迷不醒。

一个特拉星人说："他怎么还在睡？我去踹他两脚，看他醒不醒！"

　　我正要上前阻止，另一个特拉星人拉住他，说道："你疯了？万一不小心把他踹死了，女王非剥了你的皮不可。我们还是先去向女王禀报，告诉女王他还没醒，让女王过会儿再来。"

　　想踹时间之子的特拉星人点点头说："也好！"

　　两个特拉星人离开了船舱。我们三人松了一口气，走到时间之子身边。我摇晃着他，喊道："醒醒，快醒醒！"

　　时间之子醒了，他看看四周，没看到人，疑惑地问："是谁在跟我说话？"

　　我们三人取消了隐身。时间之子问道："你们是谁？"

　　朱聪明说："你别管我们是谁，快把超时空秘宝送回原地！你知不知道你给大家惹了多大的麻烦？"

　　时间之子说："不，我不要将超时空秘宝送回去！"

　　朱聪明气得咬牙切齿，恨不得冲上去揍他。我赶紧拉住他。

　　白谷静和颜悦色地问道："你为什么要盗走超时空秘宝？超时空秘宝如果不在原处，就会引起时空错乱，还会让宇宙灭亡！"

　　时间之子说："我知道，可是我不想天天守着超时空秘宝，看自己慢慢长大，又逐渐老去。如果我拥有了超时空秘宝，我就能够掌控时间，不用长大，也不用经历生老病死。"

　　时间之子脸上写满固执。我听了一肚子的火，心想：这家伙太过分了，为了一己之私，把全宇宙的人，不，好多个宇宙的人都给害了！

我气愤地说："你怎么能只顾自己，不管别人呢？"

时间之子别过脸去，不说话。

我们三个继续劝他，他就是不听。就在我们无计可施的时候，特拉星女王和一群荷枪实弹的特拉星士兵出现在舱门外。

特拉星女王大笑道："哈哈，我的人一直在寻找你们，你们三个却不请自来了！"

我们低头看水晶护腕，水晶护腕上显示我们还可以使用它的一项功能：武器！

我们三人按下按钮，我的手上出现了一把漫画书里常见的、锋利无比的大剑；朱聪明的手中变出一把超能粒子枪；而白谷静的手上是一把电影《星球大战》里杰迪骑士用的光

科学小笔记

超能粒子枪

粒子是指能够以自由状态存在的最小物质组分。最早发现的粒子是电子和质子，目前已发现的粒子累计几百种。

文中所提到的超能粒子枪应该是一种纳米武器，是超微型武器中的一种，具有隐蔽性更好、安全性更高的特点，而且可以单兵携带。目前，粒子枪只出现在一些科幻小说中。

剑——这些武器都是我们玩游戏时各自用得最顺手的，看来水晶护腕可以让我们随心所欲地生成武器。

我们三人背靠背，对包围我们的士兵严阵以待。

因为我们的身边有时间之子，特拉星士兵们怕误伤了他，不敢开枪，纷纷拔出了腰间的佩剑，冲了过来。

我们和特拉星士兵发生了战斗。因为有水晶护腕相助，我们三人武艺高强，特拉星士兵不是我们的对手，被我们揍倒在地，哭爹喊娘。

在这个过程中，特拉星女王始终没出声，仿佛局外人，在观看一出和她无关的戏剧。

到最后一名士兵倒在地上，她才微微一笑，说道："小家伙们，身手不错嘛！"

她的笑容冷艳无比，但是，我们知道笑容的后面，包藏的是一颗邪恶的心！

我说："既然你知道我们的厉害，那就快点把时间之子给放了吧！"

特拉星女王大笑道："放了？我看你们是泥菩萨过河——自身难保了！"

说着，她抬起一只手，用戒指朝我们射出一道绿色的光芒。我们三个被那道光击中，立刻被冻成了雕塑，不能动弹。

时空逆转

把我们冻住后，特拉星女王对时间之子微笑道："超时空秘宝带来了吗？"

时间之子点点头，从怀里掏出一枚透明的、光芒四射的宝石。他天真地问道："你说的是真的吗？如果我拥有它，就可以永远不长大，不变老，不必经历生老病死的过程吗？"

原来是特拉星女王诱惑了时间之子，让他把超时空秘宝偷了出来。

我破口大骂："真是太卑鄙了！"

我的身体虽然不能动弹，但是我还能说话。

特拉星女王笑道："卑鄙？只要我能够永葆青春美丽，卑鄙又怎么样？"

女王说着手一挥，她的手掌上立刻出现了一部透明的仪器。她催促道："快，把超时空秘宝放入这里，你就梦想成真了！"

我们三个大叫道："不要啊！"

时间之子看看我们，又看看特拉星女王，他犹豫了一会儿，最后，还是站起来，走到特拉星女王的身边。

特拉星女王微笑着说："这才是乖孩子嘛，快！把超时空秘宝投进去！"

我们三个再次声嘶力竭地阻止时间之子，但是，他还是将超时空秘宝投入透明的仪器里。

透明的仪器立刻放射出耀眼的金光。

特拉星女王得意地大笑起来："我终于可以永葆青春了！我还可以随意地掌控时间！我成为宇宙和时空的主人了！"

时间之子的脸上也露出了微笑，我们三人感到了世界末日即将来临般的绝望。

但是，特拉星女王的话音未落，令人意想不到的事情发生了：她在迅速地衰老，她那美丽动人的脸庞，迅速爬满了皱纹，金发也变白了……眨眼之间，她变成了一个身形佝偻、嘴中无牙的老太婆，并且，她变老的速度还在加快……

女王瞪大眼睛，歇斯底里地喊道："不，这不可能！"

话音未落，女王化作了一堆粉末，随风而逝。

女王消失后，我们恢复如常，可以自由活动了。我们向时间之子走去。

时间之子从透明的仪器里取出了超时空秘宝。但是，他没能阻止周围环境的变化：时间以极快的速度流逝，飞碟的舱壁生锈了，之后整个消失。我们悬浮在半空中，我们脚下的大地像波浪一样起伏，时而是山峦，时而是湖泊，时而是冰川，时而是大海……我们目睹了什么叫沧海桑田。

之后，我们又看见地球崩溃、太阳爆炸、宇宙衰老……当周围一切变得黑暗、沉寂和了无生息的时候，空间中只剩下我们四个人——时间之子拥有秘宝，而我们都戴着水晶护腕，因此没受到时空错乱的影响。

时间之子望着眼前的一切，目瞪口呆。

朱聪明瞪着他，愤怒地说："现在你满意了吧？你可以长生不老，不用长大了！"

时间之子摇摇头，懊悔地说："如果整个世界都毁灭了，我就算拥有永恒的生命，又怎么样？我错了！"

朱聪明还想说什么，白谷静制止了他，鄙夷地说："算了！事已至此，你怪他又有什么用？"

时间之子紧握超时空秘宝，将它举过头顶。超时空秘宝放射出耀眼的光芒，沉寂的、已经死亡的宇宙，又躁动起来。

我们三个目瞪口呆，不知道这是怎么回事。

时间之子向我们解释道："我们时光种族的人拥有扭转时空的能力！"

话音未落，我们的身后，宇宙死而复生，黑洞逆着生长，吐出了万千星辰，爆炸的银河系、恒星、行星……也以逆袭的方式整合，爆裂的太阳在黑色的天幕中凝聚成一个巨大的、富于光华的火球，八大行星回到了各自的轨道，崩溃的地球重现生机，变得越来越有活力……

后来，地球上的沧海桑田，像磁带倒带一样重演，太阳西升东落，奔腾的河水由东向西流淌，消失的城市又变得生机盎然。

有那么一瞬间，我们回到了飞碟里，但之后，我们经历过的一切，以光速倒着发生……

当一切终于结束时，我们发现自己置身钟楼下面的基地里，小绿人用充满智慧的目光平静地注视着我们。它的手中，拿着金光四射的超时空秘宝。

尾 声

我疑惑地问道："这是怎么回事？我们怎么又回到了这里？"

小绿人赞许地说："孙小空，我的预感没错，你和你的同伴，果然能够成功地完成任务。"

朱聪明愕然道："什么？我们的任务完成了？"

小绿人答："是的，时间之子运用扭转时空的能力，让时光倒到了你们夜闯钟楼和我见面的那个晚上。并且，他让超时空秘宝回到了我的手中！"

朱聪明环顾四周，问道："是吗？咦，时空之子呢？"

小绿人叹了口气："他没告诉你们，时光种族的人虽然拥有扭转时空的能力，但是，要以他们的生命为代价。时空之子在扭转时空的时候，耗尽了他的生命能量！"

我们顿感心情沉重：时空之子盗窃超时空秘宝固然不对，但是他为了扭转时空，失去了生命，付出的代价也太大了！

小绿人说："超时空秘宝回到原处，一切都恢复了正常。不过，特拉星人已经探测到了这里有超时空秘宝，他们很快就会到这里来。由于这次事件，时空结点转移了。因此，我必须带着超时空秘宝离开这里，到新的时空结点去。"

白谷静好奇地问："新的时空结点在哪里？"

小绿人说："这是秘密，不能告诉你们。不过请放心，你们已经回到了原来的世界。再见了，我的朋友们，后会有期！"

我们告别了小绿人，乘电梯回到地面，走出钟楼。

当我们走到小竹林边上时，身后突然响起了轰鸣声。我们扭头一看，钟楼突然通体发出了闪光，之后，它喷着白烟像火箭一样拔地而起，朝着繁星似尘的夜空中飞去。

我们三人站在璀璨的星空下，沐浴着清凉的夜风，都在想一个问题：要是我们把超时空大战的经历说出去，会有人相信吗？别人会不会说我们想象力太丰富了，在编故事或者做白日梦呢？

幻想照进现实

　　本文从学校里发生的一系列怪事作为切入点，引出了时空错乱、异次元宇宙等科幻元素，将时空错乱后发生的一系列事情描述得生动有趣，场景感十足。作为全球华语科幻星云奖获奖作品，它给读者带来一种十分愉悦且脑洞大开的阅读体验，是一篇十分成功的少儿科幻小说。

　　假如时空发生错乱，你进入了另一个宇宙，发现了另一个你，甚至你的爸爸妈妈都不认识你，你会怎么办呢？